Toute la noirceur du monde

Du même auteur

Pays-sœur, La Différence, 1987.
Crucifiction, La Différence, 1991 ; réédition Flammarion, 2004.
Petit Camp, Parc, 2001 ; réédition Flammarion, 2004.
Mammifères, Flammarion, 2003 ; J'ai lu, 2005.
L'Irréaliste, Flammarion, 2005.
Arkansas, Robert Laffont, 2008 ; Pocket, 2010.
Kennedy Junior, Robert Laffont, 2010.

Pierre Mérot

Toute la noirceur du monde

roman

Flammarion

ISBN : 978-2-0813-1273-9

Note de l'auteur

Même si j'adore lire certaines préfaces, je n'aime pas en écrire. Et donc, celle-ci sera courte. Je pense qu'un texte se suffit à lui-même et que son auteur n'a nul besoin d'y ajouter quoi que ce soit. Un roman est un cheminement presque aveugle. On capte, on absorbe la réalité d'une époque telle une éponge nerveuse et on la restitue d'une façon très condensée, voire choquante. Mais les lecteurs sont de grandes personnes, ils se débrouillent seuls avec cet objet entre les mains. Ils l'acceptent ou ils le repoussent. Quoi qu'il en soit, cet objet leur parle et c'est désormais entre eux et lui qu'une explication aura lieu.

Toutefois, puisque *Toute la noirceur du monde* a connu beaucoup de déboires et de malentendus avant même sa publication, il m'a paru nécessaire de rappeler des évidences apprises sur les bancs des écoles, des choses qu'on croyait réglées depuis le XIXe siècle. Nous sommes en 2013 : faut-il donc redire à des yeux sourds qu'un roman est une fiction, que son auteur ne saurait en aucun cas être confondu avec son narrateur ou son personnage, que la littérature a produit, Dieu merci, bon nombre de créatures monstrueuses et surtout qu'elle est un art libre et moqueur, se fichant pas mal d'on ne sait quelle morale, d'on ne sait quel ordre moral, fade et restrictif, quel qu'il soit et d'où qu'il vienne, qu'on voudrait la voir défendre ? L'un de ses buts, si jamais elle en a, à peine presque plus important qu'un immortel gazouillement d'oiseau, est d'oser remuer la boue du monde et d'espérer de ce geste sale qu'il créera une sorte de lumière. Bref, rien de nouveau sous le soleil.

À Jean-Marc Roberts

— La haine est une bonne encre.
— Pas l'amour ?
— Non. L'amour est la pire encre qui soit.

Heinrich BÖLL, « Pas une larme pour Schmeck »,
Pas seulement à Noël

I

Au fond, jusque-là, ce qui m'avait manqué, c'était de n'avoir pas pris conscience que j'étais une saine pourriture ou, plus banalement, comme beaucoup d'autres, une personne activement immorale, opportuniste, avide, terrestre, se foutant pas mal de ses semblables, douée d'indifférence ou de mépris à leur égard, prête à les écraser pour jouir, faire de l'argent, obtenir des distinctions ou une position dominante quelle qu'elle soit. Oui, à cinquante ans, il était temps que je songe activement à moi, à moi seul. Voyez-vous, avant mon sursaut, j'aurais, dans un réflexe d'honnêteté, d'idiote et d'honnête scrupulosité, une scrupulosité timorée de comptable sans envergure, oui, j'aurais accordé, non sans préciosité, non sans ridicule observance des règles de la grammaire – le bien des inférieurs –, j'aurais donc accordé et dit : « Il était temps que je songeasse. » Pauvre type timide ! Jusque-là, on m'avait inculqué et je m'étais inculqué à moi-même des principes qui ne me rendaient absolument pas heureux et me maintenaient dans un état de bonhomie soumise et insignifiante, au bas de l'échelle ou presque, alors que je voyais quantité de saloperies réussir, lesquelles n'étaient pas plus intelligentes que moi, loin de là, perchées sur des yachts, dotées d'énormes fortunes, d'exonérations fiscales provocantes et impunies, et des êtres comme celui que j'étais avant, honnêtes, respectueux, intelligents, des êtres se croyant béatement gouvernés par je ne sais quelle bonté ou éthique stagner furieusement dans l'anonymat et la petite aisance, incapables de sortir leurs griffes, les griffes que chacun porte en soi mais que seuls les supérieurs érigent sans vergogne.

Je ne vous dévoilerai pas immédiatement mon jeu, non. Et d'ailleurs pourquoi le ferais-je ? Mais disons d'abord que j'eus une révélation, un jour d'avril de la présente année, quand je pris connaissance, comme nos concitoyens, du sondage qui plaçait en tête de l'élection suprême la présidente, au charme baraqué et grave, du parti d'extrême droite de notre grand pays. Je ne fus pas offusqué. En tant qu'ancien homme de gauche, je ne fus pas offusqué, non. Contrairement aux vierges effarouchées qui poussèrent des cris de poule – certains sincères, d'autres parfaitement hypocrites –, je réfléchis un quart de seconde, je sentis quelque chose. Je suis d'une nature intuitive. J'eus l'aveugle certitude que ma chance, ou plutôt que mon instant, ce jour-là, était venu et je m'y engouffrai dans un bond décisif. Et le calcul viendrait après – le calcul viendrait après, me dis-je, dans un état de force, d'acquiescement et de nerfs à vif.

Ce jour-là, tout fut prétexte à voir mon destin en face. Ce fut un de ces moments de grâce comme les âmes choisies en connaissent, ainsi que je l'ai lu plusieurs fois. Sur mon lit crasseux, mon lit pauvre et bafoué de petit fonctionnaire, le soir même, ce n'est pas un hasard, Arte, une chaîne intellectuelle qui a le mérite de nous abreuver constamment – sous prétexte (un prétexte ambigu, à mon avis) de pédagogie, de construction européenne, d'éternelle et mélancolique réconciliation entre la France et l'Allemagne –, de nous abreuver, donc, d'images de la Guerre, de l'inguérissable montée du nazisme, du Führer à la tribune, de foules nocturnes et de flambeaux, cette chaîne, oui, me proposa un documentaire sur les hauts et flous rapports d'amitié entre Mussolini et Hitler. J'y vis un signe supplémentaire et ma fascination prit un tour actif.

Dans le quatre-pièces que j'occupe à Pigalle, sur une étagère de ma cuisine, je retrouvai une douzaine de bougies. Je les avais achetées avec une ardeur enfantine, animale, en prévision d'une panne d'électricité ou, plus mystérieusement, d'un conflit général. En vérité, elles n'avaient servi qu'une fois et dans les circonstances les plus douloureuses : le soir de l'enterrement de Judith, ma femme. Je les allumai toutes et les répartis dans mon salon, puis coupai les lumières. J'eus, parmi les tremblotantes et âcres cires, un pincement au cœur, mais ma nouvelle force m'interdit de vous assommer sous le poids d'un événement lointain. J'y reviendrai plus tard. Puis, dans l'appareil, j'enfonçai un CD. Je ne suis ni naïf, ni stupide, ni inculte, ni caricatural :

je ne fis pas avaler à la fente des chants nazis, du rock identitaire ou l'ouverture de *Lohengrin*. Non, il n'y a, il n'y eut et il n'y aura toujours pour moi qu'un seul musicien – un musicien allemand – capable d'enflammer les ferveurs et puissances collectives : Jean-Sébastien Bach. Précisément, je suis amateur de sa musique pour orgue. On m'objectera qu'il est inconvenant d'associer l'immense Bach à mon nouvel état d'esprit et de sentiments. Que ces oreilles molles, ces auditeurs bien-pensants et frileux prennent la peine d'entendre sincèrement – si ces minables en sont capables – le message, la bonne nouvelle qui pullule dans son œuvre et que je résumerais ainsi : *Si tu es faible, tu n'as pas ta place sur la Terre*. Bach est abîme et néant, surmonté, couronné de force, de violence, pour qui sait le saisir, il n'a que faire des médiocres, des victimes ou de je ne sais quels humanistes. J'ouvris les fenêtres. La nuit était printanière, les sons sublimes et supérieurs se déversèrent sur mes semblables, microbes écrasables ou modelables qui déambulaient dans la tiédeur et levèrent les yeux vers moi, accoudé triomphalement au balcon, fumant et exalté, les surplombant comme depuis une obscure tribune – et les flammes des bougies, derrière moi, agrandissaient mon ombre sur les murs.

II

S'il fallait me définir, s'il fallait me définir idéalement, je dirais trois choses. J'ai toujours désiré m'installer dans la peau d'un tueur – de préférence, un tueur de femmes, mais on peut faire des exceptions, de nombreuses exceptions. De plus, je suis une personnalité parfaitement coupée en deux – ombre et lumière, Dr Jekyll et Mr Hyde, si l'on veut. Et je suis écrivain. Je suis un écrivain, et non des moindres, pas une de ces petites chandelles à la mode, même si je n'ai publié que dans des revues à moitié en faillite – et encore, la plupart ont refusé mes textes. Des éditeurs m'ont reproché d'être trop compliqué, trop sombre, trop inquiétant, que sais-je ? On m'a affirmé que notre époque, je cite, avait formidablement besoin de légèreté, de rires, etc. Allons donc !

Je me rappelle en avoir rencontré un, radin comme un kopeck. Il ne m'offrit même pas un verre d'eau. Il avait deux yeux globuleux – jusque-là, rien d'anormal : avoir deux yeux, au fond, c'est risquer doublement qu'on vous les perce. Tout était rond chez cette personne d'environ soixante ans, les globes, la tête, le buste gras. Et, derrière son bureau, il tournait en rond – qu'on me pardonne cette facilité –, sans courage ni certitude, autour de ce qu'il voulait dire. Il marquait des pauses dans les phrases pour me faire croire qu'il réfléchissait, il émettait de douloureux plissements de bouche comme s'il siégeait sur des w.-c. En gros, pensait-il, ce n'était pas mauvais, mais il fallait voir et, jugeait-il, ce que j'écrivais trahissait, je cite, une aigreur dommageable à l'égard de sa profession – ses yeux s'arrondirent davantage, surpris et tourmentés. Au total, il ressemblait à un évêque rusé bien qu'il fût, apparemment, de confession israélite. Bientôt il ramperait, songeai-je. Et je me retirai sans un rafraîchissement, tandis qu'il accueillait onctueusement un auteur à succès.

Un autre jour, je vis une petite femme dans un grand bureau fragmenté d'ombres par des stores vénitiens. Elle était nerveuse, agitée. Sa secrétaire lui apporta un médicament contre les maux d'estomac. L'immeuble ressemblait à un palais, en bas d'une avenue descendant sombrement telle une pluie vers la Seine. Tout à fait le genre de bâtisse, pensai-je, dans laquelle une Kommandantur aurait pu faire son nid. D'ailleurs, je lui posai la question, alors que ses fesses maigres – que j'imaginais vérolées et suppliciées suite à d'innombrables jeux sexuels – sautillaient sur un fauteuil en cuir, lequel, trop bas, la maintenait dans une position inférieure à la mienne :

— L'immeuble de vos éditions ne fut-il point (à l'instar de mes élèves, j'usai de ce « point », lequel, chez eux – pas chez moi –, masque comiquement d'insupportables déficiences d'expression), l'immeuble de vos éditions, dis-je en parcourant envieusement l'espace dont elle n'était qu'une locataire très provisoire, cet immeuble ne fut-il point le repaire d'une KOMMANDANTUR ? En des temps autrement moins faibles, autrement plus déterminés que ceux dans lesquels nous vivons..., ajoutai-je.

Elle tressaillit, avala le pansement stomacal, hoqueta, me regarda de biais. Je vis un profil sémite, me sembla-t-il. Elle se lança dans une idiote leçon de littérature, elle faisait des fautes de français. Selon elle, je ne maîtrisais pas l'art de la nouvelle – l'ART de la nouvelle, insista-t-elle en tripotant la manette de son fauteuil pour se mettre à ma hauteur. Une nouvelle devait obligatoirement avoir une chute et elle devait être chargée d'au moins un gramme de compassion à l'égard de nos concitoyens. C'était certainement une habile marchande, quoique je ne comprenais pas pourquoi elle officiait dans le commerce des livres, peu rentable. De toute façon, je pensais à autre chose. J'avais envie de me suicider, par exemple. Mais le bureau était au premier étage et je ne me voyais pas gésir immédiatement, en bas, dans cette longue avenue anonyme, sombre et secrète comme la pluie. Et, finalement, mon suicide n'était qu'une idée encore lointaine. Quoi qu'il en soit, pourquoi donc aurais-je dû montrer de la compassion envers mes concitoyens, alors que m'effleurait l'idée de rejoindre un balcon et de sauter ? Je l'écoutai deux minutes, rangeai son visage dans un fichier de ma mémoire, puis descendis lentement l'escalier monumental que gravissaient – m'imaginai-je –, des officiers légers et enthousiastes. Mais assez parlé de littérature, revenons à moi et aux choses excitantes.

Avant d'évoquer la lettre à la Présidente que je signerai de mon vrai nom, un nom qui obtint jadis une certaine célébrité, je dois donner encore d'insatiables précisions sur ma personne. Je suis professeur, comme cela a été esquissé. Je veux préciser aussi que, lancé dans ma confession, en une soirée lumineuse d'avril, j'écoute la fugue finale de la *Clavier-Übung III* et mes mains courtes, dont la peau, paraît-il, est précocement abîmée par le tabac, frappent à l'unisson sur le clavier. À ce sujet, je voudrais ajouter que j'éprouve une sorte de joie quand j'observe la dévastation grandissante, comique et acceptée de mon corps, de cette aveugle et pataude enveloppe charnelle qui me tient lieu de séjour. Et j'abomine celles et ceux qui dépensent des fortunes afin de retarder le processus du vieillissement, l'avancée vers la mort. Mais, pour en revenir à Bach, il s'agit d'une interprétation historique aux grandes orgues de Saint-Sulpice, trouvée sur YouTube. J'aime YouTube, j'aime Internet, je suis de mon époque, je le dis sans ironie. Et je me sens moi-même frémir à la tribune de l'église, ou à Leipzig, ou à Weimar, jetant mes doigts fringants et expressifs sur le clavier de mon ordinateur, un Apple formidablement efficace, plat et moderne, en notre belle année printanière. Bach a peu publié de son vivant. La *Clavier-Übung III* fait partie des rares œuvres qu'il jugea dignes de porter à la connaissance de ses contemporains. Ou alors, c'était juste une histoire de fric. Peut-être, je ne sais plus, l'a-t-il publiée à ses frais, victime de la médiocrité de ses semblables. Qu'importe...

Je suis donc professeur. Actuellement en arrêt maladie, pour être exact. L'affaire est venue ainsi et, d'ailleurs, j'en ferai certainement mention dans ma lettre... J'enseigne dans un établissement où les Français de souche et les Européens – des Portugais, essentiellement – se comptent sur les doigts d'une main. Je ne suis pas un adorateur des chiffres, mais s'il me fallait faire mes petites statistiques – et peut-être serviront-elles, un jour, le jour où, sans ambiguïté, la Présidente portera notre pays dans sa poigne ambrée –, voici *grosso modo* ce que ça donnerait. Procédons par ordre. D'abord, les origines géographiques de mes élèves : France éternelle, environ 6 % ; Europe portugaise, environ 6 % ; DOM-TOM, environ 10 % ; Maghreb, environ 35 % ; Turquie, environ 12 % ; Afrique noire, environ 10 % ; Extrême-Orient, environ 8 % ; Inde, Pakistan et Cie, environ 13 %. J'en oublie certainement, mais qu'importe, ce sont des ordres de grandeur. Puis, les religions principales : chrétiens, environ 25 % ; musulmans, environ 68 % ; israélites, environ 7 %. Maintenant, les caractères ou, si l'on préfère, mes impressions à propos du comportement de ces populations scolaires. Eh bien, en vrac – et évidemment avec des nuances et des exceptions –, je dirai que les Turcs et les Jaunes se tiennent plutôt bien, sont plutôt travailleurs et obtiennent des résultats souvent corrects ; que les Indiens, issus notamment des comptoirs français de Pondichéry, sont assez remarquables et d'une gentillesse enviable ; que les Maghrébins, en particulier les mâles, forment globalement une communauté soudée, arrogante et agitée ; que les Africains et les DOM-TOM sont généralement susceptibles, vindicatifs et semblent reprocher éternellement au grand pays qui a daigné les accueillir d'avoir placé en esclavage leurs ancêtres ; que les musulmans se répartissent en deux catégories, dont l'une est bien tenue, ne pose aucun problème, croit au paradis et à toutes ces utiles sottises ; que les israélites, sauf brillante exception, obtiennent des résultats déplorables ; que les Français éternels sont totalement perdus et fort moyens, alors que les Européens portugais s'en sortent un peu mieux. Voilà ce que j'ai à dire à propos de la zone où j'enseigne. Jusque-là, je n'ai fait aucune différence entre ces adolescents que le ministère m'a confiés, mais il est temps de voir les choses en face !

J'en viens à l'affaire qui m'a contraint à me mettre en congé maladie, ce dont, d'ailleurs, j'ai fini par me réjouir, après avoir pris les choses trop à cœur. C'était un vendredi, à seize heures trente, durant le dernier cours de la semaine, donc. J'étais fatigué, énervé, comme beaucoup d'élèves de la classe atrocement inculte devant laquelle j'officiais, une terminale technologique, une STG pour être précis, autrement dit, dans l'ensemble, un ramassis de pétasses et de paresseux gavés de séries américaines, de téléréalité, de SMS, de chewing-gums et de Coran, incapables de distinguer un point d'une virgule, le XVe siècle du XXe, écrivant « jété » pour « j'étais », et ainsi de suite. Je sais bien que si des enseignants me lisent – ce dont je doute : la plupart de mes collègues ne lisent pas et n'ont jamais lu –, ils vont tendre entre eux et moi le drap de l'indignation et de la petitesse. Mais je les connais, je les connais, ah oui ! J'ai entendu les conversations. Les plus lucides ne valent guère mieux que moi. Entre eux, ils se lâchent, comme on dit. Eux aussi parlent de « pétasses », eux aussi rient sourdement de l'énorme insuffisance de leurs élèves, eux aussi perçoivent que la situation se dégrade, se dégrade presque comiquement. Ils ne sont pas loin d'adhérer à l'idée d'une reprise en main historique par la Présidente. Seuls la peur et le qu'en-dira-t-on les retiennent encore de partager ouvertement mon point de vue. Quant aux plus jeunes, beaucoup ont un niveau affligeant, font des fautes de français honteuses, bref, ils ne valent pas mieux que les élèves dont ils ont la charge et, au fond, ils les comprennent et leur pardonnent parce qu'ils en sont culturellement, *générationnellement* si je puis dire, terriblement proches, et les choses iront en se dégradant.

Et donc, j'étais fatigué, énervé, ce vendredi-là. Je ne sais plus exactement comment vint la crise, quels furent les détails du conflit hurlant qui m'opposa à une musulmane, laquelle, pourtant, n'était pas la pire de nos recrues. Il faisait chaud, la salle sentait la sueur accumulée malgré les fenêtres dont j'avais autorisé l'ouverture. Une moitié des pétasses s'agitait, les autres bâillaient lentement telles des moules hors de l'eau, muscles avachis. J'abordai devant ce public inepte un cours portant sur la religion, plus précisément sur le christianisme et l'islam. Quelques yeux se levèrent, hostiles. Je savais qu'on m'avait sournoisement taillé une réputation exécrable. Monsieur Valmore – voilà mon nom lâché –, un réactionnaire, un nationaliste, un raciste, et j'en passe ! Pour quels motifs, je vous prie ? Eh bien, je disais haut ce que d'autres – des gens de gauche, pourtant – ruminaient en silence. Par exemple, lors des conseils de classe, je martelais cette simple évidence : « Comment voulez-vous qu'il – ou elle – réussisse ? Chez lui – chez elle –, on ne parle que l'arabe, le tamoul ou le hindi ! » Et bien d'autres choses pleines de bon sens. (La suite des événements me conforta dans mon analyse : quand advint l'incident, un clan d'enseignants islamistes, un bric-à-brac de victimes plaintives qui avaient un compte à régler avec moi, sortit brusquement de l'ombre et forma une cabale. Il fut, bien évidemment, rejoint par une misérable poignée de nains d'extrême gauche. La réputation qu'on m'avait faite parcourait bassement la communauté scolaire, diffusée auprès de quelques élèves naïfs par ces activistes – des adeptes de Tarik Ramadan –, lesquels, entre autres, menaient campagne chez les lycéennes pour qu'elles portassent le voile – mais, Dieu merci, beaucoup leur résistaient.) J'avais chaud, donc. Comme dans *L'Étranger* d'Albert Camus, pensai-je machinalement – et je récitai en moi-même : « La sueur amassée dans mes sourcils a coulé d'un coup sur les paupières et les a recouvertes d'un voile tiède et épais »... J'eus à prononcer le mot « prosélyte » à propos de l'islam et du christianisme. Les pétasses durent croire que c'était une sorte de matière plastique, enfin celles qui suivaient vaguement mon cours dans la chaleur de la dernière heure. Je leur balançai une définition approximative (un pédagogue, un de ces abrutis qui enseignent les sciences de l'éducation, aurait sans doute perdu dix minutes, avec un sourire béat, pour leur faire deviner le sens de ce mot, moi pas). Cette définition, vraisemblablement mal comprise, énerva donc une musulmane spécialement agressive. Par je ne sais quel raccourci, cette imbécile m'accusa violemment d'être islamophobe, alors que j'affirmais seulement que l'islam, comme le christianisme, était une religion PROSÉLYTE. Sans doute embrigadée par le clan, elle cherchait depuis longtemps un prétexte pour me mener au conflit. En d'autres circonstances, un autre jour, un matin d'hiver, par exemple, j'aurais gardé mon calme. Mais il faisait chaud, l'impatience depuis longtemps grondait en moi et *la sueur amassée dans mes sourcils a coulé d'un coup sur les paupières*... J'ai dû hurler quelque chose comme : « Vous êtes une idiote ! Comment voulez-vous que les Français vous supportent ?! Dès qu'on parle de l'islam, vous brandissez votre stupide drapeau : islamophobie ! Vous n'êtes pas en pays conquis ! » conclus-je.

Cette conne, alors, m'injuria et sortit en claquant la porte. Je devins blême. Croyez-moi, je me retins, je ne sais comment, mais je me retins pour ne pas...

La suite fut pitoyable, à l'image de la France actuelle, et je veux bien vous en épargner les détails. La proviseure refusa de me recevoir. Le proviseur adjoint, un lâche qui ne pensait qu'à sa molle carrière, me soutint à peine, prétextant qu'il ne fallait pas, je cite, stigmatiser la communauté musulmane, si importante dans l'établissement. Il tenta même d'inverser le sens de l'événement :

— Monsieur Valmore, dit-il en fixant ses chaussures – des chaussures tapageuses de fonctionnaire vaguement enrichi –, vous avez manqué de respect à cette élève. Mettons ça sur le compte de la chaleur et n'en parlons plus, hein ? Même si je peux vous comprendre..., ajouta-t-il douloureusement.

Je menaçai d'alerter le ministre. Je n'avais aucune illusion sur le résultat de cette intervention, mais le mal chaussé prit peur. J'obtins, j'obtins misérablement que la musulmane fût exclue durant trois journées. Elle revint, la tête haute, plus haineuse que jamais. C'était insupportable. Une semaine plus tard, le clan activiste organisa une réunion plénière pour évoquer mon cas. Je n'y assistai pas mais des collègues, qui s'étaient rangés de mon côté, me racontèrent la chose. Les adeptes de Tarik Ramadan commencèrent par rappeler précautionneusement qu'ils n'avaient rien contre moi. Ils se livrèrent ensuite – dans la salle silencieuse et gênée, m'informa-t-on –, à une analyse de mes propos. Selon eux, M. Valmore – un collègue que, par ailleurs, ils appréciaient, firent-ils hypocritement – n'était pas en cause. Seules les paroles prononcées devaient être jugées – indépendamment de la personne, précisèrent-ils habilement, car ces ennemis infiltrés, ces vers dans le fruit avaient été formés à la rhétorique par nos écoles. Et donc, poursuivirent-ils – je cite ce qu'on m'a rapporté –, mes paroles, d'une gravité sans précédent, heurtaient leur cœur républicain et allaient mettre le feu aux poudres si elles n'étaient pas fermement condamnées par un communiqué sans ambiguïté des professeurs. On croassa donc longuement sur moi. Mais tout ce beau monde n'obtint pas mon lynchage. Dieu merci, on était encore en France ! Ils agirent donc dans l'ombre. Le résultat de leur fourberie ne se fit pas attendre. Des élèves arborant un keffieh, de plus en plus nombreux, me bousculèrent dans les couloirs. Puis, évidemment – évidemment, si j'ose dire –, je reçus des menaces de mort.

Mais je ne veux pas m'attarder sur cette affaire. Même si, dans un premier temps, j'en sortis abattu, j'ai à poursuivre un destin plus fort.

III

Ai-je une maîtresse ? Non. Pour être précis, je viens de la chasser. Hélène a trouvé la lettre sur mon parquet, projetée d'une main guerrière par la gardienne portugaise. J'aime vous donner ce genre de détails : *projetée d'une main guerrière par la gardienne portugaise.* Rosa Da Silva possède une riche poitrine et un cul opulent. Il m'arrive de la regarder par l'œilleton, accroupie, lançant vigoureusement les courriers sous les portes. J'imagine la fente, les poils légendaires qu'on attribue aux Portugaises. J'aime les poils. Les épilées me révulsent. Nous sommes des bêtes, Seigneur, pas des enfants de chœur ! Rosa occupe la loge avec sa fille, Britney, et son mari, un routier stupide et grossier. Remarquez, Britney Da Silva n'a pas l'air très éveillée non plus. Seule Rosa a de la finesse. Le rustaud la bat régulièrement, si j'en juge par des cris venant de la cour. Elle n'est pas heureuse, c'est certain. Nous parlons de temps en temps, je sens qu'il ne faudrait pas grand-chose pour qu'elle tombe à la renverse sur le lit et que j'expose à la lumière, à l'expertise avide de mes doigts, le buisson insatisfait.

Et Hélène est une molle, et j'entretenais avec elle une relation molle depuis deux molles années. D'ailleurs, toutes les Hélène que j'ai croisées sont molles. Il doit y avoir des gènes dans les prénoms. La lettre n'a été qu'un prétexte. De toute façon, je voulais l'extraire de ma vie, elle me ralentissait. Elle me ralentissait, comprenez-vous ? (Je suis sûr que certains me comprennent.) J'ai incrusté ma face d'une grimace barbebleutée, c'est-à-dire que j'ai donné à mes traits une sorte d'austérité furieuse :

— Tu n'avais pas à ouvrir cette lettre ! ai-je dit.

Elle m'attendait dans la pénombre aquatique de la télévision, assise devant un documentaire animalier.

— Tu ne devais pas ouvrir cette lettre ! ai-je crié.

Sur l'écran, un écologiste barbu, dans un zoo allemand, donnait le biberon à une peluche exotique. Un commentaire béat précisait que le zoo avait réussi à sauver cette espèce de l'extinction définitive. « Mais, bon sang, si l'espèce disparaît de la surface de la Terre, quelle importance ? ! Les Allemands sont tombés bien bas ! » ai-je vivement pensé. J'ai ostensiblement versé dans un verre une dose d'ogre. Chaque fois que je me sentais en forme pour la dispute, je commençais par verser très ostensiblement une dose énorme de bourbon, un peu comme un masque de théâtre qu'on revêt pour signifier à l'autre que…

Je ne supporte plus les mous. Les mous attirent les coups. On imagine les sons flasques dans les chairs. Quoi qu'il en soit, sur l'enveloppe de la lettre, il y avait une flamme tricolore. La Présidente m'avait donc répondu. Mais Hélène ne voyait pas l'importance de la chose.

— Explique-moi…, a-t-elle plaintivement…

— Quoi donc ? n'ai-je pas laissé le temps de répondre.

Et, toujours ostensiblement, j'ai avalé la moitié du verre sucré et fort. L'après-midi, j'avais traîné dans un café. Il faisait beau, j'étais en congé maladie, je le rappelle. Des Arabes jouaient au PMU, gueulaient, c'était dérangeant, mais ils œuvraient à l'intérieur et moi en terrasse, il y avait donc une distance à peu près suffisante et je n'avais pas le cœur au combat. Par ailleurs, c'est là que j'achetais mes cigarettes, je ne pouvais pas me fâcher.

La molle Hélène – tandis que dans le zoo allemand un éléphanteau titubait stupidement devant la caméra attendrie –, la molle Hélène – tandis que je me reversais une dose de bourbon – a pitoyablement, du fond de sa bonne conscience, émis :

— Que t'arrive-t-il ?

Hélène avait trente-cinq ans quand je l'ai rencontrée, moi quarante-huit. Au fond, ce qui m'a séduit chez elle, si je puis dire, c'est la différence d'âge. Pour le reste… Elle baise peureusement comme un agneau et moi j'ai besoin de choses un peu compliquées, assez pornographiques, du moins quand je ne suis pas amoureux. Et je ne l'étais pas. Par ailleurs, son niveau intellectuel, sur une échelle de 1 à 5, se situe à 3. Sa culture, n'en parlons pas. Ou plutôt, si. Cette blonde enseigne l'espagnol. La première fois qu'elle m'a abordé dans l'établissement – une simple demande d'heure, vers midi –, j'ai répondu : « Il était juste cinq heures du soir. » En effet, j'adore García Lorca et spécialement le chant funèbre qu'il composa en l'honneur du torero Ignacio Sánchez Mejías. Je voulais me pavaner devant elle, j'en conviens, lui montrer que j'avais des connaissances en littérature ibérique. Voyant qu'elle restait surprise – ou plutôt qu'elle souriait bêtement, croyant à une plaisanterie qui la dépassait –, j'ai tenté de mettre les points sur les *i*, j'ai cité un autre vers du *Chant funèbre* : « Ah ! Quelles terribles cinq heures du soir ! » Aucune réaction. Juste un regard de vache morne. On était loin du *noir taureau de peine* dont la corne perça farouchement la cuisse d'Ignacio ! Je n'ai pas insisté. Je n'ai pas expliqué d'où j'extrayais ma réponse, je n'ai pas furieusement expliqué qu'une enseignante d'espagnol devait nécessairement connaître ce poème. Et j'aurais dû m'en tenir là, me contenter d'un bref signe de tête dans les couloirs. Mais j'avais besoin de chair, je me sentais seul, vieillir, Hélène était jeune, appétissante. Par la suite, sur un lit, je lui racontai l'origine de ma réponse, García Lorca, le torero, etc. Oui, je lui laissai une chance de rehaussement. Elle s'exclama mollement : « Cool ! Ah cool ! » Heureusement, on avait déjà baisé, parce que, croyez-moi, ce « cool » imbécile aurait coupé mes moyens. Pourquoi suis-je resté deux ans avec elle, alors ? « Ici, il n'y a pas de pourquoi », ai-je envie de vous répondre. Parce qu'elle était gentille, éventuellement.

— Tu n'es plus le même, a-t-elle constaté de sa voix puérile et bien-pensante.

Un fauve est apparu derrière son épaule.

— Dieu merci, ils ont encore des fauves, en Allemagne ! ai-je gloussé, tout en enfouissant la lettre dans ma poche revolver.

Et, je ne sais pas pourquoi, j'ai ajouté en moi : « Il est intéressant d'être du mauvais côté. Il est intéressant d'avoir tort. » Et puis : « Il n'y a pas de mauvais côté. Il y a les faibles et les forts, c'est tout. » Et puis : « Il y a la paix ou la lutte. » Mais j'ai chassé cette dernière pensée, car je sentais bien que le choix ouvert par ce « ou » ne menait qu'à une éternelle et sentimentale fatigue. Au fond, il suffisait de lancer la pièce en l'air et de souffler légèrement pour qu'elle retombât définitivement sur son mauvais côté, le côté des dominants, lesquels développent durement et sans variation leur propre intérêt.

— Quoi ??? a dit la pétasse en essayant de se suspendre à mon buste.

Brusquement, elle m'a écœuré. Ses gros seins gentils m'ont écœuré, par exemple, telles des excroissances laiteuses, superfétatoires et coupables (j'entends « coupables » au sens de « tranchables », « jetables », n'est-ce pas ?). J'ai repoussé l'ensemble sur le canapé. Je me suis rappelé qu'Hélène voulait des enfants. Au loin, le fauve berlinois déchiquetait son repas de prisonnier. Brièvement, il y a eu du rouge sur les murs du salon. Enfin, presque… La pétasse s'est relevée, surprise :

— Je ne peux pas croire que tu vas adhérer à ce parti de fachos ! EXPLIQUE-TOI !

Dois-je vous préciser que je ne supporte pas les explications, que je suis mal à l'aise dans les dialogues et que, bien sûr, les autres m'importent peu ? De toute façon, si vous êtes encore là, penchés sur ces lignes comme sur une cuvette de w.-c., c'est que vous n'êtes pas non plus très recommandables. J'ai donc expédié une conversation pénible, secouru par les grands verres dorés. En vérité, j'avais trois envies : la jeter dehors (nous n'habitions pas ensemble, elle louait un studio à Belleville), regarder la lettre et aller boire davantage dans les bars de Pigalle, alors j'ai dit, assez calmement :

— Rends-moi les clés.

Je lui en avais confié un double, en effet. Au début, sans doute, j'éprouvais une sorte de compassion – son petit studio, n'est-ce pas ? Et, tel un gosse jouant à la dînette, je m'amusais à imiter ces braves adultes qui forment des couples pitoyables – car, selon moi, ici-bas, les seules destinations d'un homme sont la solitude et la chasse sexuelle.

Je ne voulais pas de bagarre, je voulais accomplir rapidement mes désirs, j'ai donc ajouté hypocritement :

— J'ai besoin de faire une pause.

Il n'y avait aucune vérité dans cette phrase, mais je la prononçai parce que, en ce genre de circonstance *humaine*, un *humain* aurait certainement proféré ça, ainsi qu'on le voyait dans les séries américaines ou dans je ne sais quels mauvais films sentimentaux. J'ai même, tout en mimant un conflit douloureux sur ma face, tout en tendant vers elle un semblant de caresse repentante, daigné lancer un début d'explication recevable et parfaitement fausse :

— Cette histoire… Au lycée… Tu comprends…

Toutes ces simagrées pour obtenir son départ, mon Dieu… Alors qu'il eût suffi de l'attraper par les cheveux et de lui fracasser à moitié le crâne contre un chambranle ! De répandre une quantité de sang strictement nécessaire, non mortelle pour qu'elle n'insistât pas ! Mon Dieu, oui, tous ces rapports humains enveloppés de coton hypocrite, dans nos vieilles démocraties…

Le petit être terne, non combatif s'est mis à pleurer. Et, quand même – mais pourquoi vous dis-je « quand même » ? –, en moi, un étage lumineux et contrarié a ressenti une secousse. J'ai détourné mon visage, ému. Mais je suis fort, n'est-ce pas ? Elle a rendu les clés. Et je me suis enfin retrouvé seul, prêt à d'innombrables ruptures, sans amour, telle une chose incertaine, révoltée et malheureuse dans le cadre contraignant de la Terre. Je me suis accoudé un instant sur le balcon, mais j'habite au premier étage, ce n'était pas une bonne idée. Et, finalement, je me suis dit que je m'en sortais avec les honneurs. Comprenne qui pourra…

Je suis donc parti dans la nuit, n'ayant toujours pas lu la lettre, mais je la réservais pour un comptoir. Je peux affirmer que les comptoirs sont, chez moi, dans mon habitude de vivre, des sortes de bureaux où j'exécute les tâches non réalisées dans la journée, les tâches ou obligations sociales, si vous voulez. Que disait la Présidente ? Enfin, l'un de ses sbires, visiblement, ce qui m'a d'abord un peu déçu, mais les personnes que j'ai rencontrées à la Taverne des Prédateurs m'ont rassuré. Je vais vous en parler.

La Taverne des Prédateurs est un établissement important, boulevard de Clichy, entre les stations Pigalle et Blanche. Elle est ouverte vingt-quatre heures sur vingt-quatre. Les équipes de serveurs et de barmen s'y succèdent, à la fois réjouies et sans âme, derrière un grand comptoir en bois torsadé et gothique. C'est un saphir inquiétant, mouvementé, faussement anonyme, serti de sex-shops écarlates. J'y ai des habitudes. On y croise les populations emmêlées de Pigalle, les touristes, les badauds, les hôtesses, les prostituées, les souteneurs et les gens comme moi. J'y ai rencontré, par exemple, l'Homme-Aux-Trois-Femelles, ainsi qu'il se fait appeler – tout homme équilibré, selon lui, tout homme digne d'être élevé au rang de la fraternité virile, tel un trépied massif, doit mener de front trois relations afin de diviser par trois les soucis et la soif d'amour, et je suis d'accord. Il y a aussi le Harponneur, un type qui a lu *Moby Dick* et cite toujours le même passage, au début, après la longue introduction torrentielle, quand le héros partage un lit d'auberge avec un harponneur, un passage formidablement pervers, à mon avis – et, d'ailleurs, le type des Prédateurs n'est pas très net, il parle beaucoup trop de prétendues aventures féminines tout en regardant les hommes qui passent et, parfois, en sa compagnie, je me demande si, moi de même, je ne serais pas une sorte de pédé prêt à tout ou, du moins, une espèce d'ange incertain avec deux ailes salies et maladroites heurtant le plafond du bar. Ainsi, comme vous le voyez, l'unique conversation, l'unique attraction des comptoirs est l'amour. Il y a également des femmes, mais celles que nous acceptons doivent être à notre image, car si une trop belle, une trop jeune survient, nous nous dévorons telles des araignées dans un pot, selon la formule de Balzac, nous tous, les hommes.

Je me suis donc assis sur un tabouret et, au milieu du bruit, j'ai traité les affaires que j'avais négligées dans la journée : pour l'essentiel, répondre à quelques SMS – j'abhorre ce mot, mais il faut l'employer – de camarades ou de collègues qui prenaient de mes nouvelles, puisque, malgré tout, je ne suis pas ou pas encore un être complètement isolé ; relancer deux ou trois vieilles connaissances charnelles en espérant, mais mollement, que l'une d'elles me rejoignît aux Prédateurs ; feuilleter distraitement un quotidien ; et ainsi de suite… Puis, j'ai sorti la lettre de la poche revolver, sans gêne, et l'ai étalée sur le bois mouillé. Bien qu'ornée d'un autographe de la Présidente, j'y ai flairé, je le répète, un courrier officiel qui, toutes proportions gardées, m'a rappelé les missives polies, argumentées et anonymes dans lesquelles les éditeurs refusaient mes textes. Je veux dire que, compte tenu de l'effort produit par ma main et ma pensée dans ce que j'avais expédié à cette femme, j'attendais en retour au moins une réponse manuscrite. Mais sans doute avais-je tort… C'était quand même une lettre assez longue et on y avait joint une « invitation » à aller chercher ma carte dans la section de mon quartier. La chose se divisait en quatre étapes, ai-je méthodiquement observé en dépit des trois bières déjà bues et des bourbons précédents. Elle – mais était-ce vraiment elle ? – se disait honorée que l'arrière-neveu de Georges Valmore lui eût écrit. Suivaient des considérations relativement stéréotypées sur mon « ancêtre », puisées peut-être dans l'article que Wikipédia lui consacre. « Un parcours exemplaire, tourmenté et honnête », soulignait-elle. En vérité, autant vous le dire ici, ce Valmore-là n'est absolument pas mon ancêtre, juste un homonyme, mais je m'en étais servi pour appâter la Présidente, pour me rendre intéressant, si vous préférez. Et puis, dans mon enfance, mon père m'en parlait, bizarrement amusé et fasciné par cette figure célèbre qui portait le même nom que nous. Georges Valmore est en effet le fondateur du premier mouvement fasciste de notre pays. Tels d'autres hommes de son époque, il a milité auparavant dans des structures qu'on pourrait situer à gauche : en réalité, il fut d'abord un anarchiste et un syndicaliste révolutionnaire. Il a adhéré ensuite à l'Action française, dans laquelle il voyait une arme contre le capitalisme. Jusque-là, si j'ose dire, rien que de très banal. Car le plus remarquable, rappelait la Présidente, est que Georges Valmore, après avoir rompu avec l'Action française, après avoir échoué dans la création du premier parti fasciste français, a opéré un retour à gauche, s'est engagé dans la Résistance et est mort en déportation. La seconde étape de la lettre revenait sur ma mésaventure dans l'Éducation nationale et saluait ma fermeté. La Présidente – mais, encore une fois, était-ce elle ? – m'assurait de son soutien et, plus généralement, promettait aux fonctionnaires et aux ouvriers de France qu'elle ferait tout pour leur redonner la dignité et la grandeur auxquelles ont droit les « forces du travail ». Puis, on précisait que mon parcours, « nourri » du passé de mon « ancêtre », présentait un grand intérêt et s'accordait avec la nouvelle ligne du parti. Enfin, on m'invitait à rejoindre un « élan historique » et à retirer prochainement ma carte d'adhérent dans la section de mon quartier. Bien évidemment, on se tenait à ma disposition, si je le souhaitais, pour un « échange plus chaleureux »... Oui, je suis injuste, méfiant, paranoïaque, c'était une vraie réponse et, d'ailleurs, deux serveurs, derrière le comptoir noir et gothique, le comptoir bruyant, écumant de bière, sous les bouteilles polychromes, cul-en-l'air, crucifiées, deux serveurs parmi les cinq qui œuvraient, deux jeunes serveurs, oui, malgré leur affairement, jetaient au passage un œil approbateur sur mon courrier.

Et finalement, j'ai été plutôt réjoui, mais, en même temps, je suis trop intelligent et trop NÉGATIF pour me satisfaire d'un petit signe positif que la vie envoie – que la vie envoie quand on fait un léger et inhabituel effort vers elle. Enfin, oui, quand même, j'ai senti qu'une porte s'ouvrait – mais elle s'ouvrait en moi et, à mon avis, il n'était pas rassurant que cette porte grinçât sur ses gonds quelque part dans mes sous-sols. Quoi qu'il en soit, j'ai offert une tournée aux serveurs. Et l'euphorie a fait le reste…

IV

Je me suis réveillé vers midi et la première chose qui m'est revenue lentement, sale, trouble, comme du fond d'un océan bourbeux, était que je devais aller chercher bientôt ma carte d'adhérent. Puis, j'ai vu le drapeau posé sur le fauteuil. Enfin, je ne sais pas si c'est dans cet ordre que la soirée et le reste me sont apparus. Il y a des matins – façon de parler – où je me souviens de presque rien, je vous le promets. Je dors du côté gauche et, à droite, les draps étaient fripés, l'oreiller affaissé. J'ai pensé, halluciné, que ma femme, Judith, était là, comme autrefois. Pendant quelques instants, le rêve et la lourde réalité ont lutté, mais le rêve, menthe mâchée et amère, a fui tristement. Alors, je me suis dit que je déposerais bientôt des fleurs sur sa tombe. À droite, donc, sous l'oreiller froissé, il y avait une feuille de papier pliée. Quelques éléments ont surgi doucereusement. Le mot était de l'ancienne élève que, tard dans la nuit, après l'équipée (je vais vous en parler), de retour aux Prédateurs, j'ai trouvée accoudée au comptoir :

Merci pour votre hospitalité, monsieur ! Ne dite rien à mes parents ! Votre chere Beverly !

Il y avait aussi un numéro de portable. Par réflexe, j'ai remarqué les deux fautes d'orthographe et l'abondance puérile des points d'exclamation. J'ai grommelé :

— Mais pourquoi dirais-je quoi que ce soit à ses parents ? Je ne les connais pas !

Je me suis levé pour entrouvrir les volets, pesant comme du plomb. J'ai failli écraser un bijou bon marché sur le parquet, une boucle d'oreille légère et dorée qu'elle avait oubliée. J'y ai reniflé un parfum sucré. Je n'ai pas su immédiatement si nous avions couché ensemble ou seulement dormi côte à côte. Ensuite, sur mon lit, j'ai progressivement reconstitué ma soirée aux Prédateurs.

J'ai offert beaucoup de coupes aux deux serveurs et au Harponneur, lesquels, en retour, m'ont rendu la politesse. Enfin, pas le Harponneur, il a peu d'argent, ne travaille aucunement, vit dans une chambre de bonne, un parasite, anciennement marin, paraît-il. Les serveurs m'ont félicité à cause de la lettre et m'ont dit qu'ils partageaient mes idées. Je n'ai pas voulu préciser que j'avais peu d'idées à proprement parler, tout au plus des instincts, des intuitions. Quoi qu'il en soit, sans être racistes, ils ont expliqué – ils palabraient en même temps, les quatre mains actionnaient rapidement les pompes et doseurs –, ils ont expliqué que, sans être franchement racistes, ils en avaient marre, je cite, des bamboulas et des bougnoules qui foutaient régulièrement le bordel devant l'établissement ; heureusement, on ne voyait jamais les mêmes, puisque les souteneurs sortaient sur le trottoir et les semonçaient – le Harponneur a ri et répété « semonçaient » comme s'il goûtait une huître mobydickienne –, mais il en venait toujours, toujours... ; pire, certains se comportaient mal avec les filles au repos, et ceux-là recevaient une correction sévère. J'ai demandé s'ils avaient d'autres raisons, s'ils connaissaient le programme de la Présidente, par exemple. Ils ont semblé surpris mais ont disserté sur les dirigeants pourris et l'atmosphère générale du pays.

— Voilà, l'atmosphère générale, c'est ça, a souligné le Harponneur.

Autrefois, il votait communiste, mais depuis que le PCF prenait l'eau, les jours d'élections, il se saoulait chez lui. D'ailleurs, il ne figurait plus sur les listes électorales. J'ai jugé qu'il n'avait pas tort. Une femme mûre, solitaire s'est mêlée à la conversation en avalant sa quatrième bière – elle occupait le tabouret voisin, j'ai pu compter. Elle était juive. J'ai pensé furtivement à Judith. Un serveur a eu un drôle de tic mais moi seul l'ai remarqué, je crois : de sa main droite et humide, il a plusieurs fois chassé une poussière invisible sur son plastron. Eh bien, en tant que juive, elle votait pour la Présidente ! Le tic du serveur s'est apaisé, il a souri et essuyé le comptoir taché autour du verre de la femme. Elle a dit – sa voix était véhémente, pâteuse, son intelligence moyenne, on voyait un slip noir (un slip de sortie, ai-je pensé, et j'ai sans doute glissé ma main entre ses cuisses) –, elle a dit quelque chose comme : « Dans le quartier, ils sont partout ! » Elle a développé des propos confus. Près de l'étoffe noire, je l'enserrais, mais je n'avais pas réellement envie, je voulais juste sentir le muscle spasmodique, l'entièreté de la petite cuisse dans la puissance de ma main, elle a essayé de se rapprocher, alors je me suis retiré, un peu comme si je me rhabillais, et j'ai lancé à cette femme sans grand charme :

— Curieux qu'une juive... Il est vrai, ai-je ajouté, que la Présidente fait ami-ami avec eux, maintenant...

La femme n'a pas relevé, éméchée. Puis, elle est allée aux toilettes. De nouveau, le serveur a chassé la poussière invisible. Le Harponneur, tout en fixant les hommes plastronnés, a jeté une aventure sur le comptoir, une coucherie, dans un port, une immense juive, presque deux mètres, elle aussi extrémiste.

— C'est assez fréquent. Le complexe du juif..., a-t-il précisé.

Mais les serveurs, en ricanant, se sont emparés du détail :

— Deux mètres ! Doublement youpine, alors !

J'ai sursauté. J'ai repensé à Judith, presque honteux. J'ai baissé les yeux et regardé ma chemise blanche, encore non sanglante. Bizarrement, j'ai proféré en moi : « J'endosserai toute la noirceur du monde. » Et les verres tintaient, désordonnés.

Ensuite, le policier nous a rejoints. Il a sorti un truc bleuté. J'ai cru que c'était un badge de Gaz de France parce qu'il y avait une flamme dessus. Mais comme je sais qui il est, j'ai compris qu'il s'agissait d'une carte du parti. Il vient aux Prédateurs régulièrement. Je l'ai toujours jugé stupide, brutal : un trentenaire blond, massif, sportif – et je n'aime ni les blonds ni le sport. Il doit le sentir, il m'a sûrement, de son côté, fiché dans son cerveau : Jean Valmore, intellectuel plus ou moins de gauche, vieille épave alcoolisée, etc. Mais, ce soir-là, il m'a juvénilement enlacé. J'ai accepté le verre qu'il m'offrait. Et, pour une fois, il a prononcé – le front grave, plissé –, il a prononcé solennellement une phrase presque vraie :

— On est du même bord...

Mais la phrase a été emportée car, d'une part, la juive éméchée, revenue des toilettes, tentait d'accaparer ma main, d'autre part, le Harponneur précisait son aventure, et j'ai entendu :

— Un clitoris d'au moins cinq centimètres ! Elle couinait plus fort qu'une mouette...

— Sacré pédé !

— Elle sentait le poisson, hein ? !

— Vous êtes dégueulasses !

— Mais ça n'a rien à voir avec la taille ! a rectifié mollement la femme.

J'ai acquiescé : un truc pareil, on en rencontrait une fois sur cent. D'ailleurs, moi-même... Mais le flic m'a interrompu :

— La Présidente, elle en a sûrement un comme un gourdin ! Et il a fait le geste d'un machin gros comme le poing, car ce maudit type ne parle qu'avec ses poings.

— Moi je la trouve sexy, a dit le plus jeune des serveurs.

— Pas très féminine, quand même !

— C'est pas ce qu'on lui demande…

J'ai tenu, j'ignore pourquoi – propos de comptoir, sans doute –, à placer mon anecdote et, par la même occasion, je vous la raconte, bien que ça n'ait vraisemblablement aucun intérêt. J'ai connu une petite centaine de femmes. Enfin, je ne suis plus très sûr. De toute façon, en cinquante années d'existence, ce n'est pas un nombre imposant. Autrefois, j'inscrivais sur un cahier le prénom et le nom de ces conquêtes, la plupart passagères. Mais j'ai perdu le cahier lors d'un déménagement et, hormis les rares filles qui occupèrent durablement ma tête, je ne me souviens que de quelques scènes. Alors, ce soir-là, aux Prédateurs, j'ai parlé de Bambi. Bambi possédait un clitoris gigantesque. J'avais vingt-quatre ou vingt-cinq ans et elle trente-deux ou trente-trois. Elle travaillait dans un collège. Elle y occupait un appartement de fonction… Oui, je vous le répète, ce n'est qu'une anecdote. Mais, aux Prédateurs, comme j'avais payé des coupes et que le Harponneur avait évoqué un phénomène similaire, on m'écouta en souriant, d'autant que je semblais attacher de l'importance à ce détail.

— Ce n'est pas un détail ! m'a encouragé le Harponneur en palpant mon épaule.

Je me suis dégagé de l'étreinte et j'ai poursuivi :

— Bambi était une petite-bourgeoise bien comme il faut. Une catholique pratiquante, pas très délurée. Elle avait tout l'attirail : la jupe écossaise, le carré Hermès, le parfum Guerlain – Shalimar ou Jardins de Bagatelle, je ne sais plus. Je me rappelle une odeur sucrée, le samedi soir, dans le collège désert. Un collège privé. Sainte-Quelque-Chose. Son père était militaire, je crois. Et elle avait cette espèce d'engin du diable enfoui en elle. C'était un drôle de contraste, oui. Je me souviens de la chambre, une chambre austère. Il y avait un crucifix au-dessus du lit et ce clitoris énorme en dessous. Ça me gênait. Je lui avais demandé de l'enlever…

— Le clitoris ? a rigolé un serveur.

— Connard ! ai-je souri. Le clitoris, j'avais envie de le mordre. Je ne savais pas quoi faire avec ce truc monstrueux…

— C'était sûrement une chaude et toi tu étais trop jeune, a philosophé le Harponneur.

Mais moi, regardant les bouteilles au-dessus du comptoir, j'ai pensé au peu d'amour que j'éprouvais, en général, pour les femmes. Alors, je me suis rappelé que je devais aller voir ma mère, un de ces jours, à la maison de retraite.

Ensuite, il y a eu le jeune couple. Ils demandaient leur addition. Ils nous avaient entendus. Comme souvent, dans ce genre d'affaire, c'est la fille, hélas, qui a lancé les hostilités, pendant que le type nous dévisageait nerveusement – je dis « hélas », parce que si ç'avait été le type, on l'aurait vraisemblablement tabassé, point final. Donc, en gros, l'histoire du clitoris, ça la révulsait, mais ça ne l'étonnait pas, vu qu'on était, je cite, des gros cons de fascistes.

— Doucement, doucement ! a dit le flic – Marin, il s'appelle Marin, oui, c'est son prénom.

Et je sentais que Marin, ce soir-là, comme tous les autres soirs, avait envie de cogner.

Bien sûr, la fille a poursuivi… J'aimerais vous en parler élégamment, mais c'est le genre de personne qui réveille mes instincts de tueur : une féministe bornée et moche – sûrement une lesbienne –, une gauchiste, une altermondialiste, une écologiste, une conne qui va à toutes les manifestations, signe des pétitions, occupe des écoles pour s'opposer à l'expulsion du petit-Mustafa-dont-les-merveilleux-parents-sont-sans-papiers, qui croit que la France est un moulin accueillant, un gigantesque lit où le nègre fornique avec la blanche, une boue métissée, et tout le bazar.

— J'ai été violée ! J'ai été violée, moi ! C'est scandaleux de parler des femmes comme ça ! caquetait-elle.

— Et alors, a dit le Harponneur, de quoi tu te mêles ? C'est pas parce qu'on cause d'un clitoris gros comme un concombre qu'on va te revioler ! Pétasse !

Et j'ai approuvé.

— T'as aimé ça ? a ironisé Marin.

Le jeune type a dit :

— Viens, on se barre…

Mais la fille a hurlé :

— Je vais porter plainte chez les flics !!!

Marin, évidemment, ça l'a réjoui :

— Tu tombes bien, je suis dans la police, ma belle !

Il a insisté obscènement sur « ma belle ».

On a rigolé. Les serveurs, goguenards, nettoyaient vigoureusement les verres, tout en essayant de nous signifier par des haussements d'épaules que ce n'était pas la peine de perdre notre temps avec elle. L'un d'eux, quand même, est allé murmurer dans l'oreille du gérant massif. Le gérant massif, au loin, parlait avec un souteneur, versait du champagne dans les coupes de deux filles. Il a regardé, fatigué et lourdement, dans notre direction. Il a jaugé, las et blasé, la situation. Je l'ai trouvé très professionnel.

Mais la juive, en tant que femme, a essayé de se montrer compréhensive, empathique et, de sa voix pâteuse, elle a dit, s'adressant autant à nous qu'à la conne hystérique :

— Non, attendez ! Elle a raison. Vous savez pas ce que c'est, un viol… Moi, je suis constamment emmerdée dans la rue par des Arabes !

Alors, on a regardé le type et on a vu que c'était sans doute un Maghrébin et on a tous sûrement pensé, pensé calmement : « Tiens, il va sortir le couteau… » Mais il était trop évolué, trop occidentalisé pour présenter une lame dans la lumière. Un Arabe d'extrême gauche, à mon avis. Et puis il comprenait bien que ç'aurait mal tourné pour lui, le rapport de forces n'était pas du tout en sa faveur, n'importe quel mâle, si primitif soit-il, le perçoit – en outre, il était de petite taille. La fille a hurlé de plus belle et on commençait vraiment à en avoir marre. Alors, le gérant massif s'est approché et a dit lentement qu'ils avaient dix secondes pour déguerpir. Ainsi sont les choses, Dieu merci, aux Prédateurs ! Et il nous a offert du champagne avant de regagner, au loin, l'ombre.

Voilà, j'essaie de vous restituer les petits événements d'hier, en ce jour gueuledeboisé, mangeant, du bout des lèvres, un yaourt à la fraise.

Ensuite, Marin m'a pris à part. Il sentait la sueur, une sueur sucrée, trompeuse. Il a lu deux fois la lettre, puis énoncé ce verdict :

— Chapeau ! Tu vas devenir quelqu'un d'important !

Une brève pensée m'est venue : je me suis vu à la tête d'une série d'imbéciles comme lui, les manipulant à ma guise. J'ai demandé s'il était un militant actif.

— Milicien ! a-t-il rigolé.

Mais, a-t-il expliqué, il déplorait l'évolution récente du parti.

— La dédabo... La dédiablo... La dé-dia-bo-lisation, a-t-il articulé péniblement.

Selon lui, c'était une bonne chose de mettre le paquet sur les bougnoules, mais il ne fallait quand même pas oublier les FONDAMENTAUX. Je lui ai demandé ce qu'il entendait par « fondamentaux ».

— Mes maîtres, les nazis ! a-t-il paradé en esquissant le salut et en posant, sous son énorme nez, deux doigts épais en forme de moustache.

Je lui ai expliqué qu'il n'avait aucune raison de s'alarmer – pourquoi ai-je employé ce verbe ? La Présidente savait où elle allait. Sans doute, dans un premier temps, devait-elle montrer une face honorable, faire ami-ami avec les juifs et Israël, par exemple. Mais, certainement, derrière son sourire, en sa mâchoire musclée sommeillait le vrai parti. Et j'ai eu cette métaphore un peu grandiloquente : provisoirement, elle verse de l'eau dans une coupe de sang.

Mais, pour simplifier, j'ai dit :

— Elle met de l'eau dans son vin...

— Non, est intervenu le Harponneur, elle n'a aucune vision. Elle veut le pouvoir. Comme les autres. Placer ses gens. Et gérer le pays, sans plus. Elle se fout pas mal du peuple... Arrête de fantasmer, a-t-il conclu.

Mais, à cause de l'alcool, moi, je n'avais pas envie de discuter. Et j'ai songé : comment peut-on désirer le pouvoir ? Et surtout, pour en faire quoi ? Il n'y avait que deux voies intéressantes : répandre la bonté sur les hommes ou les conduire à leur perte salutaire.

Puis, le téléphone de Marin a sonné et il s'est écarté. Je l'ai vu, au loin, agiter son poing libre dans les hauteurs de l'air. Il est revenu, il m'a demandé :

— Ça te dit, une petite virée ?

Ainsi commença l'équipée, laquelle constitue la première partie de la nuit.

En chemin, sous la souplesse noire du ciel, d'un ciel Bottes & Étendards, marchant moi, Marin et le Harponneur – qui s'était joint –, vers les quartiers du nord – Barbès et Château-Rouge –, il y eut explication. Marin, à grands pas, tripotant l'arme de service, nous dit :

— Moi, quelques collègues, quelques habitants formons une milice. Inspection des porches, traque de la racaille, etc. Les commerçants et les artisans nous soutiennent. Même les bobos qui investissent le quartier ne sont pas mécontents.

À Château-Rouge, le sol était souillé. Je me suis rappelé qu'on était vendredi, jour de prière.

— Putain, y a des détritus partout ! a gueulé Marin. Tout à l'heure, tu pouvais même pas circuler. Ils sont à quatre pattes sur leur tapis et bloquent la rue. Ils ont leur propre service d'ordre, des espèces de barbus avec des brassards. Mais où est-ce qu'on est, là ?! Moi, je vous le dis, ça va changer ! Et si la Présidente se défile, c'est nous qui ferons le travail !

Je n'ai pas voulu être en reste :

— Il y a longtemps, j'ai connu une fille qui habitait là (j'ai montré un immeuble, au loin). À l'époque, ils se foutaient de la religion, je crois. En tout cas, ils étaient moins nombreux ou ils faisaient ça tranquillement, en silence. Le quartier était gentiment folklorique. L'été, les gens vivaient dans la rue, ça discutait tard et fort. Moi, ça m'amusait. J'étais jeune. À la station, les vendeuses clandestines t'abordaient en gémissant « Maïs ! Maïsss ! ». Le seul problème, c'était l'odeur de poisson pourri, parfois, et surtout la drogue rue Myrha, les squats…

— Justement ! a dit Marin. On va faire un peu de nettoyage !

En sens inverse, est arrivée une petite troupe de mâles blancs. Il y avait une femme, aussi. Marin a joyeusement gesticulé. Ils nous ont rejoints. À partir de là, les faits sont moins lumineux (entre les Prédateurs et Château-Rouge, le Harponneur m'avait abreuvé du bourbon de sa flasque, il en avait proposé à Marin, lequel avait refusé et grommelé : « Vous ne devriez pas… Ce n'est pas un jeu… »). Au total, nous étions une dizaine. Les présentations ont été rapides : des commerçants – dont un restaurateur antillais –, des collègues de Marin – dont la femme –, un chômeur… Tous portaient un survêtement blanc.

— On a un fournisseur, si vous voulez, a dit l'un des collègues. Du sur-mesure !

Il m'a fait tâter le sien. C'était rembourré. J'ai pensé aux combinaisons laiteuses dans *Orange mécanique*. Marin a pris la tête d'un des deux groupes et on s'est engouffrés dans l'étroite rue Myrha, l'autre groupe devant bloquer l'extrémité opposée, l'ensemble formant ratière. Il a sorti une barre en bois et me l'a tendue :

— Au cas où… Moi, je suis entraîné. Mais toi, l'intello…

Il a quand même jaugé mes cent deux kilos :

— Tu bois trop de bières. Mais tu peux faire obstacle avec Harpo.

J'ai regardé le Harponneur. Il était sec, tatoué, il avait sûrement connu le combat dans les bars portuaires.

Ensuite, il y a eu des cris sous un porche. Et du porche, la grosse tête de Marin a jailli telle une gargouille un peu grotesque ou – je me rappelle cette image – comme une mère hors de sa cuisine. La tête a gueulé qu'il fallait BLOQUER. Au même instant, ou presque, un corps a tenté de zigzaguer pour m'éviter, mais il m'a trouvé sur son chemin. D'ailleurs, j'ai eu le temps de penser : « Tu m'as trouvé sur ton chemin, garçon ! » Très naturellement – moi qui n'avais aucune confiance en mes capacités physiques –, je l'ai plaqué. Des réflexes d'adolescent, vraisemblablement. La chose s'est vainement débattue sous mon poids. Et j'ai eu plaisir à la maintenir aplatie, j'ai même, euphoriquement, frappé le crâne à plusieurs reprises, alors que, visiblement, ce n'était pas nécessaire. Avec la barre en bois, ensuite, j'ai écrasé le cou. Perché sur le corps agité comme une tempête, je me suis rappelé le film des frères Cohen, *No Country for Old Men*, la scène, au début, où le psychopathe menotté étrangle un policier au sol. J'ai appuyé plus fort. Au loin, près du square de la rue Léon, la fraîche cloche de l'église a tinté un grand nombre de fois. Il devait être onze heures ou minuit, je n'ai pas compté. Je me suis senti absous et, comment dire, paisiblement français. Brusquement, le Harponneur m'a secoué. J'ai sursauté, j'ai relâché la pression. Je me suis relevé, j'ai titubé un peu. Le Harponneur m'a regardé bizarrement, puis il a fini par rigoler. Il m'a annoncé que j'avais bêtement taché ma chemise mais qu'il connaissait un pressing qui pourrait rattraper ça.

— Les traces de sang, ils ont l'habitude… Ne t'inquiète pas, le négro, il est juste sonné. Mais c'était moins une ! Tu as failli le tuer ! a-t-il ajouté.

J'ai quitté le corps, navré. En moi, j'ai ressenti un orgasme interrompu.

Au total, l'intervention a duré une demi-heure. Les survêtements ont débusqué huit individus et les ont laissés s'enfuir vers la rue Stephenson après les avoir tabassés.

Puis, l'Antillais nous a accueillis dans son restaurant éteint. Il nous a servi des punchs ultraforts, poivrés, délicieux. Le rideau de fer était à moitié baissé.

— Le problème, m'a-t-il expliqué, c'est qu'il faut nettoyer les rues au moins deux fois par semaine, dont une le week-end.

Je lui ai demandé s'il ne craignait pas des représailles. La policière – elle était à peine en sueur – a répondu à sa place :

— Ils vont peut-être porter plainte ?

Tout le monde a ri.

Marin a raconté ses exploits, ça donnait à peu près ça : d'une main il tenait une tête invisible près du sol, de l'autre il la cognait rapidement en faisant paf, paf, paf !

L'Antillais a présenté plusieurs assiettes de boudins et d'acras. Bien que faiblement adepte de l'exotisme, je les ai jugés excellents.

Puis, il a été question de la prière du vendredi. Le maire de l'arrondissement, un socialo, laissait faire. Les survêtements étaient d'accord : il fallait que ça cesse. Eux, ils avaient repéré les meneurs : des barbus qui n'habitaient même pas le quartier (Marin s'est encore agenouillé, a saisi une tête invisible et s'est mis à cogner, paf, paf, paf !). Ils préparaient une opération de grande envergure mais je n'en ai pas su davantage. L'Antillais m'a aux autres désigné des yeux, sans doute se méfiait-il encore. (Plus tard, Marin, lequel ne sait tenir sa langue, m'a appris qu'Octave était indicateur.)

— Incendier la mosquée ? ai-je demandé.

Je n'ai obtenu aucune réponse, seulement des sourires, si j'ose dire, attendris. J'ai sorti ma lettre à leur demande, elle a fait le tour, j'ai senti à la fois approbation et lassitude.

— La Présidente est un moindre mal..., a lâché le chômeur.

— Il ne faut pas compter sur elle, a dit un trentenaire. Elle désapprouve nos méthodes, au moins en façade. Seuls les anciens nous donnent leur agrément. Dieu merci, il existe des structures parallèles.

J'ai jugé qu'il parlait correctement. Matthieu de ***, ainsi s'est-il présenté, avait un master 2, selon l'idiote appellation moderne. Il venait de réussir le concours de commissaire. Après des études littéraires, il avait changé de cap. Au départ, il voulait enseigner le français. Il m'a posé des questions sur l'Éducation nationale. J'ai raconté mes anecdotes. Les autres, aussi, m'ont écouté, hochant la tête. On a sympathisé, malgré la différence d'âge. Il m'a demandé ce que j'écrivais. J'ai réfléchi, embarrassé – jamais, vraiment jamais il n'est aisé de répondre à ça. Finalement, j'ai, à voix basse, jeté :

— Des trucs avec des meurtres...

— Des romans policiers ?

J'ai failli acquiescer pour avoir la paix, mais j'ai dit :

— Pas exactement.

J'ai précisé, j'ignore pourquoi :

— Au fond de moi, il y a un tueur… Il bouge…

Il m'a regardé longuement.

— Jean, a-t-il déclaré, je DOIS te lire (il a insisté sur le mot, en effet). Il a hésité un instant et murmuré, Jean, *L'Apocalypse…*

J'ai souri. Je me sentais en confiance, bizarrement, bien qu'il fût blond.

L'Antillais petit et joufflu m'a emmené dans sa cuisine. La vaisselle s'empilait dans les bacs. C'était un vrai bazar, tout était en désordre, ça sentait le cochon cuit. D'un meuble, il a sorti une étoffe pliée. J'ai cru qu'il s'agissait d'une nappe rouge et noir.

— Nous espérons te revoir bientôt, a-t-il prononcé en posant sa main sur mon épaule.

Il a enfoui le drapeau dans un sac en plastique et me l'a remis.

Puis, dans la salle, les téléphones ont été échangés. (D'ailleurs, en ce jour nauséeux, il me faudra chercher le bout de papier où ils s'alignent, ainsi que la petite carte du restaurant : « Chez Octave – Ouvert uniquement le samedi soir ».)

Ensuite, donc, j'ai quitté les survêtements massifs et je me suis retrouvé dans les rues qui n'étaient pas encore éteintes, loin s'en faut. J'étais, d'un côté, fatigué, sous une chape d'alcool. Mais, d'un autre côté, je sentais qu'une vieille armure prison, sur mes épaules, se fendillait, d'invisibles filins de théâtre, dans le ciel, faisaient traction et commençaient à – salutairement – me l'ôter. N'ayez crainte : je sais que je m'exprime confusément. Et, pour dire les choses plus simplement : j'étais à deux doigts de ma libération. Je me suis mis à glousser sur un trottoir. Une prostituée nigériane et son petit sac à main m'ont abordé, j'ai eu conjointement envie de baiser et de tuer, les deux actes semblant s'unir. J'ai eu cette pensée que je qualifierai de politique : dans le plus parfait des mondes, il devait être possible de baiser et d'assassiner en même temps, puis de remettre au Dieu résurrectionnel le corps. Mais j'ai dit à la Nigériane que je reviendrais, que j'espérais qu'elle œuvrait régulièrement sur le boulevard. Je ne l'ai pas frappée, malgré son insistance agressive. Je crois même me rappeler avoir bavardé, m'être renseigné sur sa vie, lui avoir filé vingt euros, comme ça. Il y avait une odeur de sève terreuse juchée sur les arbres. J'aurais bien mangé des escargots, ils sentent pareil. Oui, j'ai eu soudain envie de bouffer des escargots. Ensuite, toutes les femmes, mais rares à cette heure, que j'ai croisées, j'en ai imaginé la fente. Je me suis formidablement retenu, surtout avec une blonde. Pour m'aider, j'ai pensé que les blondes sentaient moins l'escargot que les lourdes brunes. J'ai à nouveau gloussé. Et je suis retourné aux Prédateurs, dernière halte. Là, donc, je suis tombé sur Beverly, vers deux heures du matin.

— Monsiiiiieeeeuuuurrr ! a-t-elle gémi de joie.

Et mon cœur, lui aussi, fut douloureusement tracté vers la joie, même si je m'en défends.

Aux serveurs de nuit – et donc à vous tous – qui s'étonnaient de me voir fêter bruyamment cette fille, j'ai expliqué la situation. Beverly est une ancienne élève. Je l'ai eue il y a quatre ou cinq ans, je ne sais plus.

— Cinq, monsieur ! a-t-elle tinté joyeusement, ses yeux sombres et confiants levés vers moi, puis louchant sur les gouttelettes de sang qui parsemaient le haut de ma chemise.

Oui, cinq... Je lui mettais des notes terriblement basses, alors que je l'adorais, mais je n'y pouvais rien : le système me demandait de noter et je notais. Elle ne m'en voulait pas. J'ai répété ce que je lui disais à l'époque : comment une fille si fine à l'oral, si rapide à rire des allusions à la *vraie vie* dont j'émaillais mes cours, oui, comment cette intelligence de la vraie vie qu'elle possédait ne parvenait-elle à S'EXPORTER dans ses productions écrites auxquelles, invariablement, j'attribuais un misérable 2 ou 3 sur 20, tandis que des êtres puérils, secs, non encore irrigués par cette vraie vie – et peut-être ne le seraient-ils jamais –, obtenaient des résultats convenables ? Oui, comment ??? Comment ce cœur de dix-huit ans si mûr, si humain, en un mot si intelligent...

— Ah ! monsieur, c'est le passé, n'en parlons plus..., a-t-elle dit en baissant les yeux, puis en les relevant vivement vers les petites taches de sang.

Alors, j'ai remarqué la coupe de champagne et la minijupe en cuir. J'ai eu un sursaut paternel, un sursaut d'enseignant, si vous voulez :

— Au fait, ai-je demandé, qu'est-ce que tu fous ici ?

Elle a hésité, mais les serveurs, qui visiblement la connaissaient, l'ont encouragée d'un signe de tête.

— Monsieur, ne dites rien à mes parents…

J'ai produit, je crois, un sourire bizarre, un sourire pédagogique et excité.

— Je ne fais pas ça depuis longtemps, monsieur… Et seulement deux soirs par semaine…

— Et la danse ? me suis-je rappelé à haute voix.

— Justement !

Son visage s'est réilluminé :

— Ah ! Monsieur, vous vous souvenez ?! Vous me disiez que j'avais un corps de danseuse. Et je savais bien que c'était à cause de mes résultats scolaires.

— Je voulais que tu sois heureuse. Je…

— Ça me faisait tellement plaisir, monsieur ! Vous étiez le meilleur ! On vous adorait ! a-t-elle presque crié, tout en louchant à nouveau sur le sang.

— J'ai un problème au nez, ai-je fini par lâcher en époussetant ma chemise, ce qui dut agrandir les taches. Et alors, donc…

— Je prends des cours. Je ne suis pas exceptionnellement douée, vous savez. Il y a tant de BLACKS comme moi… En fait – elle a hésité – je voudrais essayer de repasser le bac…

— Allons, allons, tu es trop modeste, Beverly ! ai-je jovialement prononcé, sans doute pour évacuer une tristesse.

J'ai, non moins jovialement, pris à témoin les serveurs, tout en leur faisant signe de remplir sa coupe. Ils se sont empressés, ravis. Ils me faisaient des clins d'œil. Physiquement, je n'avais jamais été si proche d'une élève, croyez-le. D'habitude, il y avait le bureau entre elles et moi.

— Tu sais, c'est la vie... Regarde : où est-ce que j'en suis, moi, hein ?! Tu vas réussir, j'en suis sûr ! Dans la danse...

J'ai brusquement ressenti mes mensonges, mes déficiences sur le plan humain. Je crois le lui avoir dit, puisqu'elle a répondu :

— Ce sont des rôles, tout ça. Et dans votre rôle, vous étiez très bien. Le reste... Vous ne devriez pas boire autant, monsieur, a-t-elle souri en M'ASPERGEANT d'odeur femelle, soudaine, musquée.

J'ignore si vous êtes comme moi, mais je n'arrive jamais à formuler les bonnes choses au bon moment. En général, plus tard, j'y repense et je calcule que j'aurais dû dire ça, et ça, ou encore ça, mais c'est toujours trop tard et, au fond, je l'ai dit et c'est sans doute ce que je pouvais dire à ce moment-là, la vie n'est pas un texte, les dialogues bien pesés et illusionnants, ça n'existe qu'au théâtre, dans les romans, etc.

Quoi qu'il en soit, je vous résume rapidement la suite. Elle m'a expliqué qu'elle dormait chez une amie, d'habitude. Or, l'amie recevait son amant. Et donc... Elle n'a rien demandé mais je sentais bien...

Et nous voilà marchant bras dessus bras dessous dans la vraie rue, dans la vraie nuit, Beverly et moi, tous deux, en silence, créatures de la vraie vie.

V

Finalement, je me suis décidé à aller chercher ma carte d'adhérent. En me rendant à la cuisine, j'ai repéré sous ma porte une grande et mince enveloppe. C'était un manuscrit refusé. J'ai ouvert. J'ai parcouru les premières lignes de la lettre qui l'accompagnait : *Monsieur, j'ai lu votre texte* Le Prédateur, *lequel possède d'indéniables qualités littéraires*... J'ai interrompu la lecture pour faire chauffer de l'eau, le soleil par la fenêtre de la cuisine m'a aveuglé et, de toute façon, je connaissais la suite : *Cependant, votre nouvelle ne me semble être qu'un début de roman assez flou et je me pose cette question : où voulez-vous en venir ? L'intrigue, trop souvent entrecoupée de digressions, n'est pas suffisamment soutenue pour retenir l'attention du lecteur*... J'ai reposé le courrier de ce connard pour verser l'eau chaude et j'ai eu, remuant les paillettes de Nescafé, l'impression de diluer le connard dans la tasse, mais j'ai continué : *En outre, les rares personnages qui gravitent autour de votre « héros » manquent cruellement de subtilité. Plus généralement, cette histoire de tueur me paraît, comment dire*

(CONNARD ! ai-je grogné en moi. Encore un qui se prend pour un intellectuel tourmenté…), *paradoxalement convenue. Je n'ai rien contre la noirceur mais, ici, elle est artificiellement excessive et infiniment moins convaincante que ce qu'on trouve chez Hubert Selby Jr. ou chez Bret Easton Ellis auxquels, certainement, vous vous référez.* (J'ai haussé les épaules, fatigué.) *Mais surtout sachez que je ne partage ni la vision du monde ni la morale de votre texte : votre personnage est rempli de haine, de cette haine insistante qui, hélas, se répand aujourd'hui de tous côtés, et, en particulier, il manifeste un racisme extrêmement choquant que je ne saurais cautionner.* (Le café était amer, j'ai craché dans l'évier.) *Croyez, monsieur, que je suis désolé de vous donner cette réponse et veuillez agréer, etc.*

— Connard, ai-je réitéré tout en faisant fondre deux comprimés d'aspirine vitaminée, je ne connais pas ces auteurs !

Je me méfie des écrivains américains qui, vraisemblablement, ne doivent leur célébrité qu'à la suprématie des États-Unis et à la tyrannie de l'anglais. J'ai quand même noté dans ma tête qu'il faudrait jeter un œil sur les productions de ces confrères surfaits. Puis, machinalement, j'ai feuilleté ma nouvelle. Je vous en résume l'argument, il tient en une phrase : un jour, un homme sans histoires se met à tuer. J'ai relu le début :

> Jusqu'à présent, j'ai été un homme normal, j'ai possédé une fonction, une femme, un chien (je l'ai toujours), deux ou trois camarades, des économies sur un

compte rémunéré, une voiture bien entretenue, une fille d'un premier lit (elle a quinze ans, je pense), j'ai lu des livres sous la contrainte (à l'école), je regarde la télévision avec nervosité et je fréquente un club de tir. Qu'on ne se méprenne pas sur ce dernier détail. Au début, je l'ai fréquenté par peur de la souffrance. Je m'explique : je suis un homme précautionneux, j'ai considéré que si j'étais un jour débordant de cancer ou de quelque autre mal, je devais avoir une arme pour mettre fin à tout cela. Tout cela… Dans la bouche. Ou sous le menton. En tout cas, pas sur la tempe. Sur la tempe, le résultat n'est pas garanti. C'est ce qu'on raconte, du moins. Quoi qu'il en soit, mon appartenance au club de tir explique qu'en ce jour d'octobre, sous une pénible lumière fruitée, une lumière inutile et fruitée, je ne sais dire autrement, me voilà, moi, remontant la rue, ma rue, l'arme et la licence dans un sac tranquille. Il y a des gens et je ne les aime pas. Et quand je croise leur face, je sais qu'ils éprouvent la même chose que moi. Rares sont les yeux levés. La plupart regardent à l'intérieur d'un personnage usé, avec indifférence, comme on mâche un vieux chewing-gum. Sauf certains visages qui, franchement, eux, portent la détestation telle une couronne piquante. En fait, il n'y en a pas beaucoup, des visages venant à ma rencontre. Peu de gens descendent la rue. À cette heure, ils la remontent. Oui, je constate qu'ils sont plus nombreux à la monter qu'à la descendre. Sans doute la station de métro, là bas, qu'il faut atteindre. Ce n'est pas sûr. Tous, nous montons, plus ou moins pressés, avec effort, avec un terrible effort, le long d'une rue. Oui. Tous. Voilà une image simple. Et j'ai raison.

J'ai commencé à suivre la fille, je ne sais pas pourquoi. C'est ainsi : moi, homme sans complication, sans autre complication qu'une amertume maîtrisée, j'ai dévié de mon chemin et je grimpe derrière une fille, dénué de motif. À l'angle de la rue A et de la rue B (qu'importe où j'habite), il y a un café rempli de Portugais. Surtout des hommes. Très rarement des femmes. Je connais la serveuse, Sonia. Elle est gentille, travailleuse et un peu lâche. Elle porte des minijupes en cuir mais elle croit en Dieu. Cependant, je ne fréquente plus le café en raison des Arabes sur le trottoir. Je m'explique : je n'ai rien contre certains Arabes. Par exemple, l'un de mes épiciers est un Tunisien mûr et abîmé. Il ne fait pas le ramadan à cause de son diabète. Il me l'a dit, un jour, parmi l'odeur puissante d'un plat qui mijotait dans l'arrière-boutique sur un réchaud à gaz. Une sorte de vaste soupière, sans doute. Il était cinq heures du soir. Il portait un pauvre veston obséquieux. J'avais faim. Mais sur le trottoir, devant le café de Sonia, il y a un nid de jeunes Maghrébins, rapides et souples, vêtus tels des fantômes – l'ignoble, l'éternel survêtement à capuche où luisent des yeux dangereux. Je ne possède pas une immense culture, mais j'ai été élevé dans le respect presque craintif des livres et des personnes instruites, et là je peux vous dire sans erreur que cette racaille ignore tout, à part deux versets du Coran et la cylindrée de chaque moteur terrestre, et qu'elle ne guette qu'une chose : le contact physique. J'y suis prêt.

Je ne sais pas pourquoi je me suis mis à suivre la fille, donc. Elle est entrée dans ma vision, en somme. Et, en réalité, ce derrière quoi je marche, mon sac en bandoulière, n'est qu'une paire de bottes et une chevelure blonde. Je n'ai pas vu le visage. Non, je n'ai pas vu le visage. Et nous voilà montant la rue, moi comme une ombre agglomérée à elle. J'aimerais avoir le chien à mes côtés, mon seul bien ici-bas, assurément, le Chien-Sans-Nom que j'ai extrait il y a sept ans du triste refuge Grammont de Gennevilliers. Au début, je l'ai appelé Sans Nom, en effet. Mais je me suis dit que je ne pouvais crier « Sans Nom » ! ou « Personne » ! dans la rue sans passer pour un fou – et je n'aime pas me faire remarquer, je me vêts d'habits plutôt élégants, sobres, indécelables. Aussi l'ai-je baptisé San, voilà. Prononcez comme vous voudrez. C'est ainsi que je le présente, quand des passants tentent d'engager une conversation sur le trottoir. Très rarement, Dieu merci. Dans le quartier, on a compris que j'étais peu apte aux échanges. Pour couper court, je marmonne : « C'est un chien et nous sommes tous des chiens », et je m'éloigne, la tête enfouie dans de sombres épaules.

Nous voici devant mon immeuble – je dis « nous » comme si j'étais en relation intime avec le corps qui marche vers le café. J'ai une grande envie d'allumer une cigarette. Mais si je le fais, elle sentira l'odeur, et je ne veux être derrière elle qu'une masse fade. Je regarde mes fenêtres, au troisième étage. Les volets sont fermés.

« Je suis justice et obscurité. » J'ignore pourquoi je prononce ça en moi. Une chose est sûre – pourtant, à mon âge, je devrais savoir qu'une seule chose est sûre : l'évitement de la souffrance –, une chose est sûre, dis-je – mon Dieu, je n'ai pas progressé depuis mon adolescence ! –, une chose s'impose, donc : plus jamais la lumière. Mais, après tout, suis-je le seul à émettre cette prière, suis-je le seul à répudier toute envie lumineuse ?

Bien sûr, je vais vous expliquer. En admettant qu'il soit intéressant d'entendre un homme solitaire que ronge la froideur. Mais peut-être y trouverez-vous votre compte. Cependant, soyez prévenus : il y aura ombres, omissions et mensonges...

J'ai reposé ma nouvelle sur la table. Je l'ai jugée plutôt correcte. Puis, je me suis lavé et habillé maladroitement.

Je suis donc allé chercher ma carte d'adhérent dans une espèce d'appartement/bureau. Je tenais mal debout, c'était un lendemain de cuite. Un petit brun – il avait un accent corse – a scruté mon non-rasage. J'ai gratté mes joues et j'ai prononcé :

— Les plombs ont sauté...

Je me suis rendu compte de l'absurdité de la phrase. D'ailleurs, le Corse a éloigné son fauteuil.

— Je me rase à l'électricité, ai-je menti, et LES PLOMBS ONT SAUTÉ. Et puis il y a eu une fête, hier soir...

Je crois que la seconde explication a été convaincante. Il a souri rapidement et le fauteuil à roulettes est revenu vers moi. Malgré les stores à moitié clos, j'ai inspecté visuellement le bureau/appartement. En vérité, c'était un studio anonyme avec, peut-être, un cabinet de toilette attenant. Je me suis cru chez un médecin sans moyens. Au lieu d'un poster antitabac ou d'un naïf schéma représentant les organes sexuels de la femme, il y avait, en guise de décoration, la dernière affiche de la Présidente. Le Corse a perçu ma désolation, puisqu'il a dit :

— C'est un local récent… Les adhésions sont de plus en plus nombreuses.

Mais ses yeux parcouraient mon corps, les plis de mes vêtements. Il m'a expliqué :

— On a été piégés… Un journaliste… En caméra cachée…

Je me suis levé, de bonne grâce. J'ai ouvert ma veste :

— Rien à cacher !

Puis, d'un geste lent et supérieur, j'ai posé ma lettre et j'ai attendu. J'ai eu envie d'allonger mes jambes sur son bureau, tel un officier en mission orné de souples bottes. Derrière une porte, on entendait une chasse d'eau qui fuyait.

— On m'a plus ou moins prévenu…, a-t-il finalement prononcé en me rendant la lettre.

Il a ouvert un tiroir et en a sorti ma carte ainsi que divers documents sur les activités de la section. Il y avait, notamment, les dîners des militants dans les brasseries du quartier. « Apéros-saucisson entre gaulois », était-il écrit, et j'ai constaté l'absence de majuscule à *gaulois*, ce qui m'a surpris, mais je me suis dit qu'ils avaient besoin d'un écrivain pour rectifier ces erreurs et aussi pour magnifier des événements somme toute anodins, décevants, tristement réels telle la pluie qui tombe – cette comparaison m'est venue à cause de la fuite d'eau derrière la porte, je pense.

— Bienvenue, donc !

Il m'a serré la main. Ensuite, il m'a expliqué le boîtage, le tractage, le parebrisage. Le parebrisage consistait à glisser des tracts sous les essuie-glaces, souvent parce que des digicodes interdisaient l'accès aux boîtes aux lettres. J'ai sursauté. Il l'a remarqué. Il a précisé, un peu agacé :

— L'action progresse millimètre par millimètre. Il faut foutre ses mains dans le cambouis !

J'ai tenu à mettre les points sur les *i* :

— Je suis écrivain. Je possède une excellente plume.

Et j'ai gloussé (en vérité, je déteste le mot « plume », généralement employé par d'incultes bourgeois, lesquels parlent de la littérature comme d'un fromage ou d'un bordeaux).

Il a haussé les épaules :

— Vous savez, la responsable de la fédération est une commerçante. Comme beaucoup d'autres…

Je l'ai regardé. Il avait une tête inintéressante de cadre commercial. J'ai essayé de l'imaginer en survêtement. Mais je ne l'ai pas jugé digne de casser des crânes sous des porches. À nouveau, j'ai gratté mes joues non rasées. Je me suis rappelé Beverly, la Nigériane, la rue Myrha, etc. La mélancolie est venue. J'ai eu envie de boire. Mais il était seulement quinze heures. Et il n'y avait pas de frigo miniature dans le studio/bureau, juste une machine à café Nespresso.

— Nous accueillons tout le monde. C'est notre force. De plus en plus de gens de l'UMP viennent chez nous…, a-t-il dit.

J'ai gardé le silence. La chasse d'eau, derrière la porte, persistait à gargouiller. J'ai pensé : si des gens de l'UMP rejoignent la Présidente, le vin sera fade.

— Ils ne peuvent pas le crier sur les toits, bien sûr. Beaucoup d'autres vont venir. Ils en ont assez du libéralisme, de la mollesse !

Puis, il m'a informé que la Présidente, en personne, recevait les nouveaux adhérents au siège du parti. La réunion de bienvenue aurait lieu prochainement.

— Vous la verrez en chair et en os ! C'est une femme très chaleureuse !

Il m'a donné un T-shirt et m'a raccompagné à la porte. Je suis resté un instant sur le palier, les mains encombrées de cadeaux. Je l'ai entendu vider la chasse d'eau. Ensuite, il a téléphoné et j'ai saisi quelques mots :

— Je ne le sens pas… Pas net… Un touriste…

J'ai traîné un peu dans les rues. Non loin des Prédateurs, j'ai rencontré Marin. Il m'a invité à boire un verre chez lui. En chemin, il m'a rappelé que je lui avais demandé une arme, l'autre soir. Mais je ne m'en souvenais pas.

— Ah bon ? ai-je donc dit.

En vérité, il n'est pas absurde que j'aie émis ce souhait. Au cas où… Quel cas ? Eh bien, il y a plusieurs raisons. Par exemple, outre les bougies dont je vous ai parlé, je possède des conserves. Oui, j'ai un placard entier de conserves, je peux tenir environ six mois, mais je les jette régulièrement à cause de la date de péremption, puis je rachète les mêmes. D'ailleurs, il faudra vérifier où j'en suis dans le LISTING. (Remarquez, ma sœur aînée est semblable : elle habite une maison en banlieue et sa cave, un vrai bunker, en est pleine. Incontestablement, elle me surpasse ! Elle a aussi une tente de survie, des masques, des extincteurs, etc.) Donc, pour résumer cette histoire d'arme, le premier cas est s'il y a un conflit général, si je suis attaqué en pleine nuit, que sais-je ? La deuxième motivation, maintenant. J'habite au premier étage, je vous le rappelle. Quand je devrai procéder à mon suicide, je préfère un pistolet, c'est clair. Mais je passe rapidement là-dessus : au fond, ça ne vous regarde pas. Reste la troisième raison, l'arme pour l'arme, si j'ose dire, l'arme-dans-son-usage-absolu. Et, j'ignore pourquoi, j'aimerais vous citer une phrase d'un auteur juif que je vénère, lequel, littérairement, m'est, hélas, très supérieur, comme me le sont, malheureusement, beaucoup de juifs. Du reste, si j'obtiens cette foutue chose, je graverai sur la crosse (je ne sais comment, je trouverai bien un poinçon aigu) ces mots extraits d'un livre jauni comme la dentelle : « J'avançais, implorant le destin de m'accorder le plus simple des savoirs, celui de tuer l'homme. » Phrase humaniste d'un certain Babel, voyez-vous, mais qu'il est aisé de contourner par la plus grande des mauvaises fois.

Évidemment, je n'ai pas transféré ma méditation vers l'étroite cervelle de Marin. Je crois lui avoir parlé de club de tir, un truc dans ce genre. Mais il a pris une sorte d'air inspiré et m'a lancé :

— Putain, tout homme devrait avoir un flingue chez lui ! Regarde les Américains, par exemple ! Je m'occupe de ton arme..., a-t-il ajouté.

Je me suis cru dans *Des souris et des hommes* tellement il m'a paru attardé.

Enfin bref... Marin, lui aussi, habite un studio, et c'était le deuxième de la journée, et je me suis dit en rigolant : dans studio, il y a presque idiot. Et j'ai prononcé, tel un gosse : « stidio, c't'idiot ! » Et, allez savoir pourquoi, j'ai encore pensé que je devais VRAIMENT aller voir ma mère, là-bas, à la maison de retraite. Brusquement, j'ai eu mal au ventre.

Le studio de Marin – il venait de divorcer – est un bouge incroyablement désordonné et crasseux. La seule chose éventuellement en ordre – je dis bien : éventuellement – était la photographie d'une fille de neuf ou dix ans, mais il y avait un slip sale sur le cadre et une bouteille d'Absolut sans bouchon devant.

— Je me suis marié jeune..., a-t-il maugréé.

Et il a empoigné sa fameuse tête invisible : paf, paf, paf ! La mère de la gamine, sans doute... Une gamine bandante, au demeurant. Pas d'inquiétude, hein, elle tirait juste la langue ! Mais bon, oui, cette langue tirée suscitait un embryon d'excitation, n'est-ce pas ? Je me suis bien gardé de dire ça à Marin : il m'aurait fait paf, paf, paf ! J'ai juste sifflé :

— Elle est belle, ta fille !

Il a attrapé la bouteille de vodka, blanche et poisseuse tel un diamant sucé, et me l'a tendue. Puis, il s'est assis devant l'ordinateur. Il a écarté les canettes vides qui encombraient la table – au moins une dizaine, ai-je compté.

— Viens voir !

Je me suis approché de la lumière laiteuse. Des corps de mauvaise qualité s'agitaient sur l'écran, des hurlements en japonais ou en coréen grésillaient dans ses écouteurs.

— C'est Fedor Emelianenko… a-t-il crié. Sans doute le meilleur combattant de la planète !

Une brute blonde et impassible tabassait un Japonais au sol, ça pissait le sang, le Japonais essayait de protéger sa tête, mais la brute trouvait toujours une ouverture obscène parmi les gants éteints, les cuisses suppliantes. Ça m'a mis mal à l'aise. J'ai eu un début d'érection, je ne sais pas pourquoi. Je me suis ressaisi – plus précisément, une partie de moi s'est ressaisie.

Fedor Emelianenko est ukrainien, comme je l'ai su plus tard. Un spécialiste, si j'ose dire, du *kick boxing*, des *mixed martial arts*, etc. Fedor Emelianenko est même une star. Sur Google, quand on tape « Fedor », « Emelianenko » apparaît aussitôt. Par la suite, j'ai voulu démontrer à Marin que c'était anormal, que si le monde n'était pas devenu aussi inculte que lui, en tapant « Fedor », on aurait dû tomber sur « Dostoïevski ». Mais non ! Pour obtenir « Dostoïevski », il faut taper « Fedor D ». Le problème, c'est que lorsqu'on tape « Fedor D », on a certes « Fedor Dostoïevski, 103 000 résultats » – ce qui n'est pas si mal, vu notre époque –, mais, juste en dessous, voilà que se pointent « Fedor Dernier combat, 10 400 résultats », puis

« Fedor Dvd, 532 000 résultats », puis « Fedor Défaite, 10 100 résultats », et ainsi de suite. « Fedor Défaite », ça me réjouit amèrement.

— Il n'a aucune clémence ! a gueulé Marin et, avec ses poings, il imitait le martèlement inflexible de l'Ukrainien.

Il avait dû lire ça dans une revue ou l'entendre. Quand il n'est pas vulgaire, le journaliste sportif est un littéraire contrarié. Il vous jette de temps en temps un petit mot épique, précieux, presque poétique et, en général, moi je vous le dis, c'est en décalage total avec l'affligeante brutalité, l'insondable niaiserie du spectacle qu'il commente. Et là, à mon avis, « clémence », ça devait venir d'une de ces créatures pitoyablement lyriques.

Il a poussé un hurlement : le Japonais avait réussi à se dégager de l'étreinte obscène, l'arcade de Fedor était maintenant rouge, les deux corps laiteux se cherchaient à nouveau au milieu du ring maculé, des commentaires barbares grésillaient dans les écouteurs, Marin était con, il avait sans doute les tympans détruits, on était en 2011 et le monde, le monde las et poussiéreux, depuis quand, depuis quelle ignoble pépite de matière existait-il ?

Ensuite, il m'a montré un site porno.

— Un site porno patriote, a-t-il précisé. Uniquement des Françaises...

Pour y parvenir, il fallait d'abord passer par un autre qui s'appelait *L'Esclandre-Magazine*. Au-dessus d'une photographie grisâtre de juifs pendus devant une espèce de bâtiment mussolinien ou nazi (enfin, je crois que c'étaient des juifs qui ornaient la poutre), j'ai lu : « Le site qui n'a peur de rien ! / Les égouts du Web depuis 1998 ! » Marin a fait défiler une série de titres pour arriver à la chose et j'ai eu le temps de voir : « C'EST PAS DES PÉDOPHILES ET DES VIOLEURS QUI VONT NOUS FAIRE LA MORALE », « HITLER EST VIVANT ! », « GÉNÉRATION IDENTITAIRE », « BIENTÔT LA GUERRE CIVILE ! », « LA LISTE DES POURRIS », et j'en passe. Puis, il y a eu la chose, une salope blonde toute nue. Elle se trémoussait dans un appartement criard, filmée en contre-plongée. Son truc central était comme j'aime, un peu ambré.

— C'est une vraie amatrice ! s'est exclamé Marin. Putain, ça fait bander, hein ?! (Il a nerveusement saisi la tête invisible, paf, paf, paf !)

Je ne pouvais pas le contredire : ma corne était dressée, mes couilles meuglaient. J'ai pensé à *Orange mécanique*, à la scène du viol dans la maison de l'écrivain.

À la fin de la vidéo, il a cliqué sur un lien menant à l'intégralité du site. Son concepteur, un certain Patrick La Trique, était un Français rigolard et bon vivant, paraît-il. Les filles qui s'exhibaient devant sa caméra étaient authentiquement gauloises, a répété Marin. Ça m'a étonné, la blonde avait plutôt le type slave. Mais je n'ai pas discuté ce détail. Sur un bandeau, on pouvait lire : « Découvrez les célèbres strip-teases de L'Esclandre.sex, où des dizaines de françaises relèvent le défi de se déshabiller, souvent pour la première fois ! Accepteront-elles de jouer avec Francis, notre godemiché noir ? Ou avec Dard-Vador, notre collaborateur masqué ? Il leur faudra aussi répondre à mes questions vicelardes et indiscrètes ! » J'ai rigolé, malgré l'absence de majuscule à « françaises ».

— Attends ! Tu vas voir le plus intéressant ! Un truc privé…

C'était une autre vidéo, une partouze VIP intitulée « Soirée Eyes Wide Shut organisée par L'Esclandre.sex en hommage à Stanley Kubrick ». Marin retenait son souffle. La *Sarabande* de Haendel rythmait lentement l'arrivée nocturne dans un château. Il était précisé : « Un château en région parisienne/100 couples libertins/Capes et masques remis à l'entrée/Accès très privé par mot de passe ».

— T'as vu ce luxe ! Tu devineras jamais à qui il appartient !

— Pas à la Présidente, quand même ?!

Bon sang ! C'était vraiment comme dans le film de Kubrick, mais en plus sombre. Des flambeaux, des tentures pourpres, des enfilades de pièces ornées de tableaux, des corps, des sexes… Je vous épargne les détails. Imaginez seulement ce que l'animal-homme est capable d'inventer quand il célèbre sa préoccupation la plus fondamentale.

— Tu parles ! a répondu Marin. La baraque de la Présidente, c'est une cage à lapin à côté ! Non, ce putain de lieu appartient au père de Matthieu. Un ponte du parti…

— Ah… ai-je dit, les yeux plongés dans ceux, mornes et blasés, d'une bourgeoise travaillée par deux hommes.

— Oui, c'est une très vieille famille. Ils sont bourrés de fric.

Et il m'a expliqué qu'il n'y avait pas seulement des partouzes VIP, au château. Le père de Matthieu dirigeait une des structures parallèles du parti, une structure « dure » a-t-il précisé, à laquelle appartenaient notamment l'Antillais et d'autres membres du groupe que je connaissais.

— Le tractage, la dédabo... la DÉDIABOLISATION, la République, tout ça c'est bon pour les moutons ! Tu vas voir ! On prépare un gros coup. Tu vas bientôt être invité. On te fera découvrir les caves..., a-t-il ajouté, et ses cuisses remuaient rapidement devant l'écran, un peu comme moi, en cours, quand une élève m'excite.

Je l'ai laissé, la bouteille était vide, je suis sorti du studio, j'ai retrouvé le monde grouillant, les trajectoires précises et indifférentes des individus sur les trottoirs, il y avait beaucoup de filles, le ciel au-dessus, et j'avais une envie écœurante de trouer. J'ai calmé ça à coups d'alcool, je me suis couché tôt, j'ai regardé des débilités à la télé, j'ai sucé des pastilles Vichy, il y avait un message d'Hélène sur le répondeur (TU ME MANQUES QUAND MÊME), sur mon portable Beverly m'invitait à un spectacle de *dance*, et la tête tournait, tournait, et je voulais n'être jamais né, enfin, quelque chose comme ça.

VI

Avant de reprendre le cours des événements et au risque de passer réellement pour un fou, j'aimerais vous informer de l'entretien que j'ai eu, cette nuit, avec mon défunt père. Mon père, dans le rêve, avait non seulement la tête mais également le corps d'une tortue. Oui, une vieille tortue charmante, maladroite et lente, ornée d'une carapace vétuste et tout le bazar ! J'ai été content de le voir. Mon père est quelqu'un que j'ai beaucoup apprécié. Et là, en gros, nous étions au paradis, sur un petit chemin de campagne qui, sans être extraordinaire, présentait des charmes pittoresques, en tout cas, il y avait de la verdure, du soleil, des choses comme ça. Bref, ce n'était nullement un cauchemar. Mais il marchait beaucoup trop lentement pour moi. De surcroît, sa tête plissée et ancestrale était coiffée d'écouteurs où grésillait l'allègre duo de la cantate BWV 63, donc je n'étais pas certain qu'il m'entende, alors que je lui posais ces questions importantes : « Ne te sens-tu pas trop seul ? Veux-tu que je t'expédie ta femme ? »

Mais il n'entendait pas bien et il marchait si lentement. Il s'arrêtait – mon Dieu qu'il était intolérablement lent et touchant ! – pour mâcher des feuillages, lesquels surgissaient amicalement sur les côtés de la route. Vraiment, ça n'avait pas l'air trop désagréable, sa situation actuelle ! Il a quand même levé vers moi des yeux complices et plaisanté :

— Elle me manque, certes. Mais tu sais, a-t-il ajouté, je ne suis pas si pressé ! Un peu de liberté, ça fait du bien !

Il s'est dressé sur ses pattes et s'est mis à sautiller, guilleret, au son de la BWV 63. Mais la carapace l'a entraîné en arrière et il s'est renversé sur le dos. Alors, je l'ai aidé et il est devenu plus sérieux.

— Mon fils, a-t-il entamé avec une humaine pesanteur, pourquoi es-tu devenu si sombre ?

Il était derrière, moi en avant. Malgré tout, nous avancions délicieusement dans la poussière ensoleillée.

— Attends-moi, a-t-il dit en mâchant encore je ne sais quels feuillages succulents. Oui, a-t-il poursuivi parvenu à ma hauteur, tu étais un petit bonhomme lumineux et nous étions si heureux de t'avoir posé sur la Terre, laquelle – il a réfléchi un instant –, laquelle, certes, n'est pas une partie de plaisir, c'est sûr… Je ne suis pas un vieux con, tu sais ? C'est par là…, a-t-il ajouté en montrant au loin un château d'eau, un silo de maïs, des arbres en automne, des odeurs de soupe (et tout ça, évidemment, me rappelait d'anciennes et bonnes choses, même si je ne comprenais pas pourquoi nous devions nous rendre là-bas).

— Oui, a-t-il continué en plissant ses paupières – des paupières en vieux cuir tourmenté –, tu n'as pas l'air heureux… Je ne me suis guère mêlé de tes histoires jusque-là – il a soupiré –, j'ai seulement essayé de t'élever. De t'élever, oui, c'est le mot. Mais ton évolution récente, bien que je n'y puisse absolument rien – il a happé à nouveau un feuillage abstrait –, m'inquiète.

J'étais précautionneux et attentif, nous étions dans la pente ardue qui allait vers le château d'eau, il boitait un peu :

— Tu sais, a-t-il fièrement tinté, je relis Homère ! Que puis-je faire d'autre ici ? Tu te souviens (et il y avait au loin des fumées verticales et pleines d'amitié), tu m'avais offert la version bilingue avec la traduction en vers de quatorze pieds. Je l'ai toujours sur moi !

Et, je ne sais comment, il a extrait d'une trappe dans sa carapace la lourde chose et l'a posée devant lui parmi la poussière :

— Regarde ! Je n'ai pas oublié MON grec !

Il s'est mis à déchiffrer maladroitement le texte :

> Μῆνιν ἄειδε θεὰ Πηληϊάδεω Ἀχιλῆος
> οὐλομένην, ἣ μυρί´ Ἀχαιοῖς ἄλγέ ἔθηκε,
> πολλὰς δ´ ἰφθὶμους ψυχὰς Ἄϊδι προΐαψεν
> ἡρώων, αὐτοὺς δὲ έλώρια τεῦχε κὐνεσσιν
> οἱωνοὶσί τε πᾶσι. Διὸς δ´ έτελείετο βουλὴ,
> ἐξ οὗ δὴ τὰ πρῶτα διαστὴτην ἐρίσαντε
> Ἀτρεΐδης τε ἄναξ ἀνδρῶν καὶ δῖος Ἀχιλλεύς.

Il a dû se rappeler confusément que je n'entendais rien à SON grec, aussi s'est-il lancé, les yeux extasiés, dans une traduction savamment incompréhensible, laquelle n'avait rien à voir avec celle en vers de quatorze pieds que je lui avais offerte – il l'avait certainement apprise au fin fond du deuxième millénaire dans un merveilleux lycée de province mais, n'est-ce pas, j'étais quand même aux anges :

> A ce coup, Déesse, aidez moy à representer le courroux obstiné d'Achille, quelles disgraces en recceurent les Grecs, & combien il mourut de Princes, de Seigneurs, de Gens-d'armes Grecs & Troyens autant leur temps, lesquels n'eurent autre sepulture que les estomachs des chiens et des oyseaux…

Il s'est arrêté, un peu essoufflé, tandis qu'en moi remuaient encore Princes, Seigneurs, Gens-d'armes Grecs et Troyens, lesquels n'eurent d'autre sépulture que ces grandioses *estomachs* de chiens et d'oiseaux. Je l'ai aidé à replacer le livre dans la petite trappe et nous avons continué à descendre la pente. Des corbeaux d'été – mais étions-nous vraiment en cette saison ? – nous faisaient cortège et mon père, mon père-tortue les saluait, les yeux plissés. Bien que cela n'entre pas dans ma culture mais dans mes divertissements – des divertissements sur lesquels je ne crache pas, au fond –, il ressemblait désormais et incontestablement à une sorte de maître Yoda.

— Mon fils, je croyais t'avoir inculqué le réconfort de toutes ces merveilles…

— Toutes ces merveilles ? l'ai-je provoqué.

— Tu sais bien…

— Mais, l'ai-je reprovoqué, pendant ce temps-là tu ne m'apprenais pas d'autres choses, lesquelles, ai-je gloussé en courant dans la pente, sont tout aussi importantes. Par exemple, la soif de l'argent, l'ambition, la volonté… la VOLONTÉ !

— Attends-moi, mon lapin, mon lièvre ! a-t-il gémi un peu ridiculement.

Mais je l'avais bien distancé et il était une très petite masse perdue et touchante, là-haut, alors j'ai crié vers lui :

— Je t'aime, je t'aime, mon père, crois-moi ! Et je reviendrai !

Là s'arrête, brusquement et hélas, notre premier entretien nocturne. Les communications, dans les rêves, ne sont pas excellentes. Toujours quelque chose, une chose insurmontable nous arrache à nos extases. Mais il y en aura d'autres, c'est pourquoi je dis – et j'en suis sûr – que c'était seulement notre premier entretien.

VII

Autant l'avouer tout de suite : la réunion organisée par la Présidente m'a vraiment déçu et j'en parle seulement pour vous tenir au courant. En même temps, je m'y attendais. Au fond, j'étais déjà passé à autre chose. Mais bon, je vais quand même vous dire. D'abord, l'immeuble du parti ressemble au siège d'une petite SARL de banlieue, rien de plus. On attendait devant une grille électrique. La plupart, c'étaient des jeunots, et je me demandais ce que je fichais là. Et inutile de vous préciser que j'avais un peu picolé la veille, donc ça flottait. Ainsi est ma vie, généralement : je me fais beaucoup de promesses lyriques, le soir, des promesses d'action et d'amitié et d'amour, à moi, aux autres, et puis ça s'effondre, oui, ensuite, le lendemain, progressivement, ça s'effondre. Tout de même, ce jour-là, je me suis efforcé : la rigueur, la veste Armani – l'unique veste non tachée que je possède, en réalité –, le rasage des joues, etc. J'avais avalé deux aspirines vitaminées, puis, on ne sait comment, grimpé dans ma voiture guidée par GPS. (Le GPS, sérieusement, est la plus grande invention des humains, bien davantage que la montre. Moi, le temps, je sais le mesurer, c'est le passé qui grossit et la mort qui avance. Mais me rendre sur les lieux, aller chez les autres, dans les petites demeures, dans les cœurs banals, c'est tout un terrible problème. J'aime la voix synthétique qui m'annonce que je ne suis pas perdu, c'est un peu comme si une dernière, une mère ultime me guidait dans l'entrelacs absolument épouvantable du monde moderne.) La grille a coulissé, les jeunots sont entrés, moi derrière, il y avait des vigiles. Je n'avais pas du tout envie de lier connaissance, c'étaient sûrement des crétins aseptisés et j'avais encore des cheveux longs. Quand même, l'un d'eux, un fade trentenaire, a essayé de me brancher sur la qualité de ma bagnole, les jantes, la puissance, il a parlé de cylindrée, tout ça. J'ai dit :

— Oui, c'est pas la bagnole du bougnoule lambda...

Il s'est écarté, ce con, Dieu merci. Je ne suis pas sûr qu'il savait ce que voulait dire « lambda », par ailleurs. Il a sans doute cru que c'était un prénom africain. J'ai pensé à mon père, le fort en grec, lequel m'avait naïvement GICLÉ, puis transmis des exigences désuètes. Ensuite, c'était une espèce d'amphithéâtre et il y avait la Présidente en jean bleu. Elle était pareille qu'à la télé, sauf que là c'était en vrai. Alors, ça faisait tout de même un petit choc, un peu comme si Dieu, dont on aurait vu une photo dans un magazine, s'agitait sur une estrade. Elle m'a sans doute repéré parce que j'étais le plus âgé ou à cause de mes cheveux longs ou bien parce que je mâchais un chewing-gum pour masquer l'haleine de la nuit – j'ai pensé à Beverly, je ne me souvenais plus trop si je l'avais honorée ou non. Après, je me suis retrouvé devant un buffet-petit-déjeuner, ça m'a rappelé ceux offerts par la Casden, la banque de l'Éducation nationale, les jours de prérentrée, dans mon lycée sans charme : des croissants secs, des humains moyens parlant de vacances, des discours officiels et vains. J'avais plutôt envie de partir. Bizarrement, j'ai songé à la pute nigériane et à son petit sac, sur le boulevard, mais la soirée était encore loin. Et pour tout vous dire, je n'ai même pas essayé de me faire bien voir. En vérité, je craignais aussi d'être démasqué comme un mauvais gosse : j'avais quand même usurpé une identité, je m'étais inventé cet ancêtre, Georges Valmore, ce sympathique fondateur du premier parti fasciste français. Quand la Présidente s'est approchée de moi, grande et chaude, j'ai serré rapidement sa main et grommelé un nom inaudible. Je crois qu'elle a essayé de me parler, mais déjà quelqu'un d'autre l'embarquait. C'est bien ainsi.

VIII

La semaine suivante, j'ai dû retourner au lycée. La proviseure en personne m'a téléphoné. Je n'avais pas renouvelé mon arrêt maladie, mon remplaçant finissait son contrat, je devais impérativement être là mercredi, etc.

— Impérativement ! a-t-elle répété.

Elle ne m'a pas questionné sur ma santé. Je lui ai quand même rappelé qu'on m'avait adressé des menaces de mort.

— Allons ! vous exagérez…, a-t-elle dit en raccrochant.

Après son coup de fil, j'ai appelé le psychiatre qui m'avait arrêté quelques semaines plus tôt mais il ne pouvait pas me recevoir immédiatement. À tout hasard, j'ai pris le Glock 17 que Marin venait de me procurer – un pistolet qui peut tirer dix-sept coups. Une sorte de réflexe, sans doute. Ne m'en demandez pas plus.

J'ai donc retrouvé les mornes paysages urbains de la banlieue, les grands axes sans âme, les agglomérations sans commencement ni fin, l'anonyme succession des

Abribus, des carrefours, des centres commerciaux. Puis, j'ai aperçu la masse grise du lycée VICTOR-HUG. J'ai gloussé. On n'avait toujours pas remplacé la lettre sur la façade. Ça faisait pourtant six mois que le O avait disparu. Je me suis garé parmi des voitures médiocres.

La proviseure, Geneviève Frotis, était dans le hall.

— Frotis avec un seul *t*, a-t-elle précisé dès son arrivée, deux ans plus tôt, tout en éjectant de sa bouche ses diplômes, telles des crottes minuscules.

Les élèves lui donnent deux surnoms. Les plus subtils l'appellent Blue Vulvette, notamment en raison de ses tailleurs bleu marine trop courts – on voit sa culotte pendant les conseils de classe. Les autres, la majorité, ont opté pour Passé Simple. Au début, je n'ai pas compris. L'explication était pourtant à portée de main : au lycée Victor-Hug, comme dans beaucoup d'établissements en avance sur leur temps, « frotis » est le passé simple du verbe « froter » (avec un seul *t*). Quant aux enseignants, moins inventifs, ils se contentent de dire le « Hamster », tout simplement parce que Geneviève Frotis a une face de hamster.

Voyez-vous, j'ai du mal à comprendre l'ambition misérable qui pousse certains professeurs à devenir proviseurs ou, plus banalement, principaux dans des collèges invivables : il faut passer un concours, suivre un long stage durant lequel on effectue les basses besognes administratives d'un proviseur adjoint, on est une cible faible, méprisée, sans pouvoir, puis on atterrit dans un appartement de fonction en préfabriqué, là-bas, dans les banlieues désolantes.

Comme tous les proviseurs que j'ai connus, Geneviève Frotis ne pense qu'à sa carrière, pourtant pitoyable. En général, ces petits chefs restent à peine trois ans au lycée, trafiquent à la baisse le pourcentage des redoublements, concoctent quelques projets consensuels, etc. Bien notés par le rectorat, ils obtiennent ensuite leur mutation dans un établissement plus prestigieux où leur paye est plus grasse. Frotis, par exemple, a œuvré ardemment, avec l'aide de quelques fanatiques professeurs de sciences de la vie et de la terre, pour que le lycée Hug obtienne le statut d'éco-lycée. Qu'est-ce qu'un éco-lycée ? Eh bien, les salles de classe sont équipées d'un cageot en carton dans lequel l'éco-élève, après un stage d'éco-responsabilité, est invité à jeter ses brouillons recyclables. Il y a aussi une exposition permanente dans un couloir en béton. On y voit deux photographies d'éoliennes et le schéma d'une turbine de l'usine marémotrice de la Rance. La cantine propose des éco-repas, en particulier le fameux « Topinambour bouilli, sauce Titouan ». L'année dernière, en effet, Titouan Le Bescond, un performant professeur breton, a invité une 1e S méritante dans son Centre populaire des légumes, à Guingamp. Je n'y étais pas mais des collègues m'ont raconté. Le « conservatoire des légumes déshérités », expliqué par Le Bescond en personne, a beaucoup plu à Geneviève. On a mangé du panais. Le panais, cousin moyenâgeux de la carotte, est une racine blanchâtre. Au retour, les élèves, légèrement amaigris, et leurs professeurs, légèrement amaigris également, se sont lancés dans la création d'un « potager associatif durable », lequel, malheureusement, n'a pas supporté le bon air de la région parisienne. En revanche, l'exposé de cinq lycéennes pakistanaises, intitulé « Retissé du lien sossial a partir de la cultures de navet », a rencontré un franc succès, un vendredi soir, dans la salle polyvalente quasi déserte.

Outre le cageot et le topinambour bouilli, la deuxième grande fierté de Geneviève Frotis (avec un seul *t*), est la fameuse CLASSE EUROPÉENNE. Justement, ce mercredi-là, il en a été question. D'un doigt, elle m'a montré sèchement la salle :

— Vous êtes en retard ! La réunion commence !

Je suis entré. Pour une fois, la salle polyvalente était presque pleine. J'ai salué quelques collègues. Au fond, à gauche, les disciples de Tariq Ramadan m'ont adressé des sourires compliqués. Au loin, sur une estrade, il y avait un inspecteur régional. Il portait une veste rouge et un pantalon Carrefour. Gus van der Putt (avec deux *t*, a-t-il précisé) a essayé de mettre tout le monde à l'aise : il était un pur produit de l'Europe, a-t-il annoncé d'emblée. Originaire de Kamperzeedijk-Oost, un hameau proche de Zwatewaterland, dans la province d'Overijssel – personne n'a compris quoi que ce soit –, il avait épousé une Béarnaise et enseigné l'allemand. En tant que pur produit européen, Putt s'exprimait avec un accent inquiétant et faisait des fautes de français non moins inquiétantes. Ses narines frémissaient comme celles d'un lapin : sans doute flairait-il alentour des relents de topinambour. Frotis regardait Putt avec des yeux émerveillés. Puis, elle l'a invité à présenter la PHILOSOPHIE d'une section européenne. Putt s'est montré tout de suite rassurant et limpide : l'objectif, pour les élèves, n'était pas la maîtrise d'une langue, encore moins le bilinguisme, non !

— Quoi être l'opchectif, alors ? a lancé Gus en regardant brusquement Geneviève.

Le Hamster a aussitôt cliqué sur une souris. Une phrase, visiblement récupérée sur Wikipédia, est apparue sur un écran multimédia :

> L'objectif d'une section européenne est la construction progressive de compétences de communication qui sous-tendent une aisance linguistique et culturelle permettant la rencontre avec l'autre.

J'ai retourné l'énoncé dans tous les sens mais je n'ai rien compris, sinon qu'on se foutait de moi, qu'on prenait les enseignants pour des cons, comme d'habitude. L'odeur fade du topinambour bouilli m'écœurait, je me suis retenu de ne pas aller frapper ces deux larbins à coups de panais moyenâgeux, je suis sorti. Au passage, j'ai lacéré l'affichette indiquant que fumer dans un lieu public exposait le contrevenant à une amende. Dehors, parmi les mégots qui, Dieu merci, jonchaient les pelouses du lycée, j'ai allumé une cigarette. Puis, j'ai regardé longuement le soleil. Les seules choses qui me retenaient dans ce métier – ou, plus largement, dans ce monde un tantinet vomitif – étaient les élèves, encore espérants, et quelques collègues, encore rebelles.

Mais là, j'ai senti que c'était fini. De retour dans la salle polyvalente, je me suis plus ou moins endormi, tandis que Frotis et Putt annonçaient l'étonnant jumelage du lycée Victor-Hug avec la crèche municipale de Międzyrzec Podlaski – une sorte de ville à l'est de la Pologne –, laquelle adhérait pleinement à l'objectif européen de *rencontre avec l'autre*. Pour fêter l'événement, la cantine proposait un buffet typiquement polonais à base de betterave. Je me suis saoulé la gueule dans des verres en plastique. Je n'étais pas le seul. Je me suis demandé si je n'allais pas me flinguer, là, maintenant. Mais j'ai pensé ceci : avoir été mis au monde, être né homme plutôt qu'araignée ou cafard, statistiquement, c'est une chance – même si le mot ne convient absolument pas – sur je ne sais combien de milliards de milliards, alors il faut vivre cette absurdité jusqu'au bout, juste pour voir.

Ensuite, j'ai rencontré mon remplaçant. C'était un chauve d'environ cinquante-cinq ans. Il avait un regard traqué et fou. Sa main tremblait. Je dis « sa » main parce qu'il n'en avait qu'une. Enfin, j'exagère un peu, il lui manquait seulement trois doigts. Frotis l'avait recruté grâce à une petite annonce. À cause des suppressions de postes dans l'Éducation nationale, on trouvait de moins en moins de remplaçants qualifiés. Mais je m'en foutais. J'ai pensé : le système va couler, tant mieux ! Pauvre Étienne, quand même... Un raté... Un de plus... Plus tard, j'ai eu des informations : sa licence de musicologie remontait à la fin des années 1970 et il avait vivoté pendant trente ans, des petits métiers, des revenus minimums, etc. J'ai dit, presque enjoué :

— Alors ! ça n'a pas été trop dur d'enseigner la philosophie ?

Il n'a pas répondu tout de suite, il m'a fixé de ses yeux dangereux, douloureux. J'ai compris que ç'avait dû être une catastrophe, un calvaire.

— J'écris des poèmes…, a-t-il fini par jeter, comme s'il poursuivait une conversation à l'intérieur de lui-même.

— Ah… C'est bien d'écrire des poèmes…

Puis il m'a expliqué qu'il n'avait pas suivi le programme.

— Bah… Vous avez sûrement fait un peu de philosophie… ai-je sournoisement compati.

— Karl Marx et Paul Celan…

J'ai regardé son moignon. Peut-être jouait-il du piano, avant.

— Et des chants révolutionnaires chiliens, a-t-il ajouté.

Je ne sais pas pourquoi, je lui ai tapoté l'épaule. Il a sursauté comme un chien battu. Je l'ai tutoyé :

— Tu vas pouvoir reprendre mon poste. Le psychiatre va sûrement me donner un autre arrêt…

Il a sursauté à nouveau. Le mot « psychiatre », peut-être. Il a presque crié :

— Je veux plus voir ces petits cons !

Décidément, ça n'avait pas dû bien se passer. D'ailleurs, sur les bulletins scolaires, il s'était déchaîné, non sans un certain talent, je dois dire : ce type-là avait une âme de moraliste ulcéré et, au moins, contrairement à d'autres collègues, il ne faisait pas de fautes d'orthographe. Croyez-moi, je n'invente rien ! Ses commentaires les moins méchants, c'étaient des trucs du genre : « Taciturne et sans entrain, mais tout de même assez perspicace. » (Ça, c'était pour le premier de la classe, d'après mes souvenirs.) « Prête attention au cours et remplit ses obligations… tant bien que mal. » Ou encore : « Petit niveau et petits moyens. » Mais les jugements les plus intéressants, c'étaient les autres, les vraiment méchants. En les lisant, j'ai gloussé, même si j'ai pensé que Frotis m'obligerait à les changer : « Médiocrité et suffisance, voilà ce qui caractérise cette élève. » « Individu plein de dédain et de suffisance. Qui plus est, terne et sans qualité sur le plan scolaire. » « Individu d'une très grande immaturité morale et au fond sans aucun solide acquis scolaire. Devrait être expulsé. » « Individu très déplaisant et scolairement très en dessous de la moyenne. Gagnerait à être expulsé. » Je revoyais vaguement les élèves en question. Même si maintenant je m'en foutais, ils ne méritaient pas ça. Mais bon, Étienne était au bord de la folie, ça me plaisait bien et, dans sa dernière maxime, il frôlait le chef-d'œuvre : « La plus détestable incarnation de la suffisance, de l'animosité et de la médiocrité. Avoir admis un pareil individu en terminale a été une monumentale erreur, tant les conséquences en ont été fâcheuses pour tous. » J'ai sifflé, admiratif. Il devait être à deux doigts du suicide. J'ai failli lui dire « à deux doigts » mais j'ai regardé sa main.

— Donne-moi ton téléphone.

— Pourquoi ? a-t-il sursauté.

— À tout hasard.

Et j'ai pensé que le tuer lui rendrait certainement service, que nous pouvions éliminer des individus non seulement pour assouvir notre bon plaisir, mais aussi par compassion, par solidarité humaine.

Les élèves n'ont pas été contents de me revoir, à part Oumar et quelques autres. Remarquez, moi non plus. Ils pensaient peut-être qu'après Étienne ils n'auraient plus de professeur et qu'on leur ficherait la paix. D'emblée, j'ai dit :

— Je ne reste que quelques jours.

Il y a eu une onde de joie bruyante, ils ont sorti leur emploi du temps et commenté entre eux les heures de liberté que mon absence produirait. J'ai gueulé :

— Fermez-la !

Ils ont été surpris, d'habitude je ne crie pas, je les manipule fermement mais doucement. Le silence est revenu. Oumar a souri, visiblement ravi. Oumar est la risée de la classe, non seulement à cause de sa laideur – chétif, couvert de boutons, une barbe pelée, des cheveux crépus, des sourcils énormes, un appareil dentaire, une voix nasale et bêlante, toujours un anorak bleu, une chemise blanche usée et des chaussures noires de curé –, mais surtout en raison de sa folie et de ses positions politiques. Son père tient une petite épicerie. Le soir, Oumar le remplace. Le matin, il a les yeux cernés. Moi, je l'aime bien, c'est un ovni et, contrairement à ses camarades, il suit l'actualité et possède une vraie culture. Certes, elle est un peu spéciale. Il veut devenir dictateur. Sur sa trousse, il a collé les portraits de ses idoles en uniforme : Kadhafi, Saddam Hussein, Hitler, Bokassa Ier, etc. En cours, il parle souvent tout seul, on l'entend marmonner des choses comme : « Cette pute !... » « Je suis le grand empereur Oumar Ier ! » « Il est juif ou quoi ?... » « Ces misérables esclaves ! » « Je vais les exterminer, moi, le puissant chef ! », etc. Ou bien il dessine des croix gammées, des territoires imaginaires. Quand il lève la main pour répondre à une question pourtant philosophique, il arrive toujours, avec son sourire niais et fou, à placer une allusion aux « impérialistes américains ». Il n'a aucun camarade. Ça ne m'étonnerait pas qu'il débarque armé, un jour. D'ailleurs, j'ai pensé que j'allais le pousser dans cette voie. Et j'ai redit en moi-même : « J'endosserai toute la noirceur du monde. »

— En attendant le retour de mon remplaçant – j'ai gloussé –, vous faites ce que vous voulez, mais en silence !

Et j'ai ouvert un journal. J'ai évité de regarder les trente visages, tous différents, venus des quatre coins du monde, chacun portant son histoire, sa force et un fragment de l'espoir humain. J'ai répété ça dans toutes mes classes et, hormis les musulmans extrémistes, je crois que les élèves m'ont finalement trouvé COOL.

Dans l'établissement, je me suis baladé en veste à cause du holster. Ça faisait un drôle d'effet. Dans les couloirs, j'avais l'impression d'être un shérif. Je prenais de l'assurance et n'hésitais pas à entrer en contact physique avec les élèves incivils, ceux qui me bousculaient auparavant. Au sens propre, je les dévisageais comme si j'allais sortir une arme, avec une sorte d'autorité lasse. Ils ont fini par m'éviter. Les CPE me regardaient bizarrement, je les comprends. En salle des profs, parler à un collègue, un Glock 17 sous l'aisselle, c'était aussi une nouvelle impression. J'étais plus détendu, de moi irradiaient une sérénité, un pouvoir bienveillant. Je jaugeais les corps, ils me semblaient constitués de petites cases, j'aurais pu tirer dans celle-ci ou dans celle-là, et je pensais : il est bon de pouvoir épargner la vie d'autrui ! Et aussi : l'instant n'est pas encore venu ! Toutefois, quand je croisais le clan islamiste, mes doigts se contractaient. D'autant qu'on m'avait informé que la situation empirait.

— Bientôt, ils seront plus nombreux que nous ! m'a dit mon informatrice, sur le parking.

Bénédicte enseigne les mathématiques. C'est une catholique pratiquante, espèce en voie d'extinction. Elle est laide et rusée. Sur son cartable, elle a collé un portrait du pape. Nous ne sommes pas d'accord. Pour moi, la religion, c'est de la merde. Plus précisément, l'Église est de la merde, et le pape, bien qu'allemand, l'héritier de deux mille ans de tueries et de corruption. D'ailleurs, pour la taquiner, je lui cite régulièrement la phrase d'Alfred Loisy, un théologien excommunié pour sa clairvoyance, en 1908 : « Le Christ annonçait le Royaume, mais c'est l'Église qui est venue. » Quoi qu'il en soit, moi-même et mon informatrice, nous devons plus ou moins nous serrer les coudes.

— Ils viennent de faire embaucher deux intégristes, a-t-elle poursuivi. La proviseure laisse faire. Les élèves embrigadés sont de plus en plus nombreux. Ils parlent tous de Tariq Ramadan… Crois-moi, au lieu de leur faire cours, ils leur inculquent des saloperies sur nous.

— Pourquoi tu restes ? j'ai demandé.

Mentalement, je découpais son gros corps en de multiples petites cases. Il y avait du soleil.

— Ils attendent que ça, qu'on se barre. Mais il est hors de question de leur laisser le lycée ! Si on s'en va, si dans tous les établissements de banlieue les Français s'en vont, tu t'imagines ? C'est la charia !

— Bah ! j'ai dit en rigolant, lapider des femmes, c'est… – j'ai cherché le mot –, intéressant.

J'ai pensé que la pauvre Bénédicte ne serait jamais lapidée, vu qu'elle était complètement grosse et laide. Je me suis demandé comment son mari avait même pu la baiser. Il était sûrement moche et gros, lui aussi. Mais j'ai dit :

— Je vais m'occuper de ça.

J'ai noté dans ma tête qu'il faudrait téléphoner à Matthieu et à Marin, à tous les membres du groupe, en fait.

Chez moi, il y avait un message d'Hélène sur le répondeur. Je l'ai écouté en faisant des grimaces comiques devant un miroir, en décapsulant une bière : « C'est Hélène... Enfin, je pense que tu me reconnais encore... N'est-ce pas ?... (Ses silences étaient énervants, on l'entendait renifler.) On m'a dit que tu avais repris le travail... Peut-être te verrai-je... Enfin, si tu veux, évidemment... (J'ai fait un bras d'honneur devant le miroir.) Tu me manques... (J'ai tiré la langue.) Tu me manques tellement... Je ne sais pas ce que je t'ai fait... On ne peut pas mettre fin à notre histoire comme ça... (Je me suis fourré un doigt dans une narine, j'ai expédié la crotte sur le miroir.) Bon... Voilà... C'était Hélène... » (Elle s'est mise à pleurer, il y a eu des bruits lointains, désordonnés, puis rien, juste la tonalité régulière, aiguë qui résonnait comme celle des appareils qu'on voit dans les séries télévisées, quand un malade s'éteint.) J'ai pensé qu'il devait s'échanger des milliers de messages semblables, au même instant, sur la planète, dans des gratte-ciel, des banlieues mornes. Une sirène de police a retenti quelque part dans la ville.

Après, je me suis intéressé au courrier que Rosa Da Silva avait lancé sous ma porte. J'ai décacheté une enveloppe ornée d'un bandeau bleu minable et d'un texte affligeant :

CAMPAGNE NATIONALE DE DÉPISTAGE
ORGANISÉ DU CANCER COLORECTAL

J'ai tressailli. Suivait un slogan qui se voulait décontracté, terminé par un point d'exclamation dynamique (ou était-il menaçant ?) :

DÈS 50 ANS, C'EST TOUS LES DEUX ANS !

J'ai continué la lecture du prospectus. Une certaine Nadine Papier-Quignard, médecin coordinateur de l'association ILLICO-RECTO, prenait soin de moi (« Prenez soin de vous », écrivait-elle avant de signer). Elle me filait même son numéro de téléphone. (« Pour toute question sur ce dépistage appelez le 0800... ») Auparavant, elle m'expliquait la situation, un peu laborieusement, il est vrai, glissant çà et là, en marge de son courrier, d'autres slogans amicaux, toujours ornés d'un vivifiant point d'exclamation : DÉPISTER, C'EST METTRE TOUTES LES CHANCES DE SON CÔTÉ ! (Ça rimait plus ou moins, j'ai remarqué.) UN POLYPE DÉTECTÉ, UN CANCER POSSIBLE ÉVITÉ ! (Et allez donc, ça rimait encore ! Décidément, c'étaient des poètes du polype, chez ILLICO-RECTO !) Bon, venons-en au cœur du message : « Monsieur, expliquait Nadine Papier-Q., le cancer colorectal (intestin) est l'un des plus fréquents mais, repéré tôt, il est beaucoup plus facile à traiter et à guérir. Il se développe lentement, sans qu'on s'en rende compte (j'ai décapsulé une deuxième canette, choqué), le plu souvent (non, il n'y avait pas de *s*, c'est ainsi), le plu souvent, donc, à partir de polypes. Certains de ces polypes vont grossir (j'ai vidé précipitamment la canette) et évoluer vers un cancer. Ce cancer peut donc être évité si ces polypes sont découverts et retirés. C'est pourquoi, concluait Papier-Q., il est important, dès 50 ans, de se surveiller régulièrement, ré-gu-liè-re-ment. » Ensuite, comme dans tout bon prospectus – par exemple, ceux du *Reader's Digest* ou ceux des Orphelins apprentis d'Auteuil (un jour, la mièvre Hélène leur a donné un petit chèque et ces chrétiens énergiques ne cessent de la poursuivre, en particulier au moment des fêtes de Noël, lui promettant une déduction fiscale immédiate et, plus lointainement, le salut de son âme) –, ensuite, donc, Nadine P.-Q. m'annonçait le gros lot : le fameux test Hématocul III. Je n'invente rien. Et ne me demandez pas en quoi consistait Hématocul II, visiblement moins performant. « Oui, concluait P.-Q., Hématocul détecte dans les selles des traces de sang que l'on ne voit pas à l'œil nu ! Hématocul se fait à la maison ! Hématocul est indolore et sans danger ! »

Ce torchon se terminait par six vignettes détachables, à présenter à mon médecin référent, sur lesquelles figuraient mon numéro de Sécurité sociale et un code-barres. En somme, j'ai pensé, on me traitait comme une volaille élevée en batterie. J'ai glissé cette chose au milieu d'une des piles crasseuses qui traînaient sur mon bureau, avec un léger frisson, toutefois – frisson qu'une troisième canette, Dieu merci, a fait passer rapidement.

Puis, en début de soirée, le téléphone a retenti. Je l'ai laissé sonner, pensant qu'il s'agissait encore d'Hélène, laquelle allait pleurnicher dans mon oreille ou se suicider EN DIRECT, me faire entendre une voix noble, mystérieuse, ornée d'au-delà, somnolente et pâteuse, la bouche remplie de somnifères comme de gravier mou. Beaucoup d'êtres insipides, telle Hélène, ont de stupides engouements, des exaltations d'autant plus ridicules que leur caractère est flasque et leur intelligence moyenne. Et puis j'avais déjà bien bu. Mais, sur le répondeur, j'ai reconnu la voix autoritaire de la directrice de la maison de retraite. J'ai tressailli, lentement tressailli à cause de l'alcool. J'ai cru qu'elle allait m'annoncer la mort de ma mère. Ça m'aurait vraiment dérangé, ce soir-là. J'étais en phase télévision, bière, barquette micro-ondes, présommeil, tout le bazar d'un célibataire normal, en somme. Je me voyais mal prendre ma voiture, m'amalgamer aux embouteillages bovins et résignés du périphérique, puis rouler vers des peupliers, saules pleureurs, chênes, que sais-je, pour constater un décès qui pouvait attendre le lendemain. Mais quand j'ai entendu « Votre mère décline... », j'ai décroché, soulagé.

— Aglô ! ai-je prononcé, toujours à cause de l'alcool.

La voix a sursauté, agacée.

— Ah ! Monsieur Valmore, vous êtes là...

Sur mon écran plasma, au *Grand Journal* de Canal +, des silhouettes gigotaient, semblaient parler du monde. Enfin, je ne sais pas. Le son était coupé. Il y avait un nègre coiffé d'une casquette orange, une Antillaise en survêtement bleu, un juif en chemise blanche, un Arabe en pull-over mauve. Ils étaient serrés les uns contre les autres comme sur un banc de cantine, ils riaient abondamment chacun leur tour. Quand le nègre hilare faisait un mouvement, tout le banc de cantine basculait vers la droite telles des quilles furieuses. L'animateur, au bout de la table, portait une étroite cravate noire, plissait les yeux et souriait finement.

— Monsieur Valmore, a repris la voix reprochante, il faut absolument stimuler votre mère. Ni vous ni votre sœur n'êtes venus depuis Noël, soit depuis plus de… – elle s'est arrêtée pour calculer –, quatre mois.

— Je comprends… Je comprends… ai-je bêtement répété, tandis qu'une blonde ultrasexuelle s'asseyait, on ne sait comment, sur le banc de cantine pour présenter la météo.

J'ai voulu me justifier :

— Cette maladie d'Alzheimer est une saloperie. Je ne supporte plus de voir ma mère ainsi. Chaque fois, j'en ressors gravement déprimé. C'est pourquoi je…

— Vous êtes venu deux fois en un an, a coupé sèchement la directrice.

Bizarrement, sur le banc de cantine, la blonde, avant de présenter la météo ludique de Canal +, a brandi un livre de sa main gauche, de sorte que l'intellectuel juif et l'Arabe socialiste ont basculé vers la droite, furieusement serrés l'un contre l'autre.

— Oui, je sais, je sais… ai-je répondu, observant les efforts du pull-over mauve, lequel luttait pour rester dans le rectangle lumineux.

La voix a repris, d'un ton conciliant et psychologique :

— Monsieur Valmore, j'ai compris que vos relations avec votre mère n'ont pas été excellentes. Mais vous avez… – elle a cherché un mot –, vous avez grandi et c'est une vieille femme. Et lorsque la mort approche, il est temps de se réconcilier. De se réconcilier avec soi-même, surtout ! a-t-elle fièrement conclu.

— Il faudrait l'ÉTANAZI, ai-je lapsussé, tandis que l'Arabe mauve s'arc-boutait contre le playboy juif comme sur une plate-forme oscillante.

— Pardon ?!

— L'euthanasie, ai-je rectifié. Ce serait un acte… – je me suis rappelé que la maison de retraite pullulait de crucifix –, un acte chrétien.

— Mon Dieu ! a glapi la voix. L'euthanasie est un meurtre ! Le meurtre délibéré moralement inacceptable d'une personne humaine !

Comme je ne voulais pas polémiquer, j'ai juste dit :

— OK.

Mais la voix a repris, soupçonneuse :

— Rappelez-vous, monsieur Valmore, que vous avez confié votre maman à un établissement catholique. Ce n'est pas sans raison…

J'ai tressailli : sur l'écran, le banc de cantine avait disparu. On voyait en gros plan l'énorme décolleté de la blonde et le titre de son livre : *En chaleur !* Il y avait aussi un bandeau rouge : « Sexe et météo ». Le tout se dénommait : roman.

— Bien sûr, ai-je prononcé. Ma mère est issue d'une famille très pratiquante, très… – j'ai cherché un mot pour remplacer « réactionnaire » –, très traditionnelle. Les catholiques sont des gens sérieux. Ce sont des piliers inébranlables. Surtout en notre époque si déroutante… Mon père, lui, était un esprit voltairien, un homme de gauche un tantinet antisémite... ai-je bizarrement ajouté.

Le roman sexuel et météorologique est passé d'abord dans les mains de l'Antillaise bleue, puis dans celles du nègre orange, lequel l'a entrouvert, en a lu quelques lignes et a ri énormément. Il s'est levé brusquement, bousculant le banc de cantine – l'Arabe mauve a disparu du rectangle lumineux –, et est allé embrasser la blonde sur la bouche. Ensuite, il a paradé quelques secondes sous les applaudissements et a regagné sa place. Le socialiste mauve est réapparu sur l'écran, souriant et crispé.

— Je viendrai la semaine prochaine, sans faute. Vous avez entièrement raison, ai-je gloussé, il faut la stimuler !

En raccrochant, j'ai aperçu une carte de France mal dessinée, puérile, désinvolte, des nuages bâclés, gris, la bimbo-météo-romancière montrait ses seins, le nègre orange jetait des rires artificiels, l'Antillaise en survêtement mâchait un chewing-gum, les journalistes se congratulaient, l'Arabe mauve avait une grimace tourmentée et l'intellectuel juif s'apprêtait à pérorer. Il ne manquait plus qu'un ou deux homosexuels, une écologiste de service, un manager véreux et méprisant ou un tueur médiatique fraîchement libéré. J'ai pensé : « Ma pauvre mère, tu as eu la guerre, l'imposant et banal privilège de la guerre, les rationnements, les bottes allemandes, les bombardements alliés, mais moi j'évolue dans une époque plus dangereuse que la tienne. » J'ai éteint.

IX

En fin de semaine, ma sœur m'a téléphoné. Ça m'a surpris. Notre dernière conversation remontait à plusieurs mois, nous n'avions rien à nous dire. Peut-être avait-elle reçu un appel de la directrice, elle aussi. Après un morne échange de « Ça va ? — Oui, ça va. — Maman décline… — Oui, maman décline… », etc., elle m'a demandé si nous ne pourrions pas, je cite, commencer à vendre la villa familiale sur la Côte fleurie. « Ce sont des frais inutiles », m'a expliqué sa voix neurasthénique. En vérité, Laurence, Laurence Valmore – une vieille fille, donc – est une grande dépressive, elle passe son temps à mettre de l'argent de côté, enfermée dans son pavillon-bunker. Peut-être boit-elle, ce qui me la rendrait sympathique. Mais j'en doute. Je me rappelle vaguement une fille maigre, laquelle, sur une balançoire rouillée, hurlait de peur. Quoi qu'il en soit, bizarrement, j'ai dit : « Pourquoi pas… » J'ai ajouté : « Il fait beau. J'irai voir demain dans quel état sont les choses… » Nous avons raccroché.

Mentalement, j'ai revu la villa. Ce n'est pas un immense BLOCK mais le terrain est vaste, les voisins rares et il y a une cave importante. Je me suis souvenu de l'incinérateur – un incinérateur professionnel – qu'y avait installé autrefois mon grand-père. Quand j'étais enfant, lui et cette machine me terrifiaient. C'était un homme taciturne, encore obsédé par la Seconde Guerre mondiale, les bombardements. Au début des années 1950, il avait acheté cette maison à cause de la cave. Il en avait fait blinder la porte, il y avait des petits volets hermétiques et lourds. Il s'y enfermait régulièrement, soi-disant pour brûler les mauvaises herbes, mais on entendait parfois des aboiements, des hurlements de chiens, de chats, puis une fumée noire, épaisse s'échappait d'une des cheminées du toit. Par ailleurs, il était sourd et ne prononçait quasiment aucune parole, même s'il nous tolérait, ma sœur et moi, pendant les vacances. Enfin, une rumeur locale laissait entendre qu'il avait déterré ma grand-mère quelques semaines après sa mort et l'avait incinérée à la nuit tombée : la cheminée, paraît-il, avait fumé durant quinze heures. Plus tard, j'ai jugé que mon ancêtre était intéressant…

Mon bref séjour sur la Côte fleurie m'a d'abord terriblement perturbé. Non seulement j'y avais des souvenirs d'enfance, mais surtout je n'y étais pas retourné depuis la mort de Judith (comme ma mère et ma sœur ne sortaient plus de chez elles, la villa était à notre disposition toute l'année). Alors, autant vous dire que j'ai eu un choc en revoyant les lieux… En gros, là-bas, mon premier réflexe a été de me GLOCKER, surtout quand j'ai retrouvé dans une armoire ses robes d'été, ses T-shirts à la mode – pourquoi ne les avais-je pas brûlés ? J'ai sorti l'arme, je suis allé dans le bureau-bibliothèque – sans doute à cause des livres, les livres de mon père, lesquels seraient mes derniers spectateurs –, et je me suis placé devant le miroir de la cheminée. J'y ai vu un homme vieilli, fatigué mais aussi enfantin : il écarquillait les yeux, arrondissait sa bouche autour du canon comme s'il allait souffler des bulles savonneuses. Il m'a fait un petit signe de la main. Je lui ai répondu. Il a recommencé. On a passé vingt secondes à se saluer comiquement tels deux messieurs polis devant une porte. Puis, j'ai pressé lentement la détente, il ne restait que quelques millimètres à accomplir et tout serait enfin oublié – je serais *plus heureu[x] dans un séjour plus beau*, comme l'a écrit Nerval. Mais j'ai mordillé le froid canon, alors ça m'a rappelé le goulot d'une bouteille, des salles de bar clinquantes, salvatrices ont tourbillonné dans ma tête, et c'est sans doute ce qui m'a retenu. J'ai eu soif, immensément soif. Puis, j'ai pensé à Judith. S'il fallait en finir, ce serait à Deauville, PARMI LES SIENS – PARMI LES SIENS, ai-je répété. J'ai gloussé. J'ai jugé que c'était une bonne idée. Alors, j'ai adressé un dernier signe au type-dans-le-miroir, je lui ai murmuré : « Ne t'inquiète pas, je reviendrai ! » Il m'a salué, il m'a dit : « Je reviendrai, ne t'inquiète pas ! » J'ai souri, c'était un chiasme parfaitement réussi. J'ai remis le Glock dans le holster. Je suis sorti.

Quand je suis entré dans le bar-tabac-brasserie-moules/frites-dépôt-de-pain-maison-de-la-presse à cent mètres de la plage, la patronne, une brunette affairée – elle avait à peine vieilli –, a tressailli, puis caché sa surprise sous un professionnel et guilleret :

— Alors, ON est de retour ?

J'ai répondu :

— Oui.

J'ai ajouté :

— Il fait beau !

Elle a dit :

— Vous avez de la chance, ILS ont annoncé une semaine magnifique !

Accoudés au comptoir, comme dans tous les bars du monde, des hommes s'attardaient devant le dernier verre et plaisantaient, lourds et délicats, sans y croire, avec la serveuse.

— Comment va votre épouse ? a demandé la patronne.

J'ai répondu :

— Tout va bien, merci ! NOUS venons d'arriver. À Paris, il faisait gris. Nous sommes vraiment contents. Ici, c'est la vraie vie, sérieusement. Vous ne vous rendez pas compte : vous êtes au grand air, il y a la mer ! Ma femme et moi, nous aimerions tellement vivre là toute l'année, mais il y a le boulot…

— Vous savez, a-t-elle dit – a-t-elle dit comme autrefois –, nous, on n'y va quasiment jamais à la mer… On n'a pas le temps… C'est pourtant à cent mètres…

Tous les commerçants répétaient ça. La mer, la plage, c'était un décor, sans plus. Ils n'avaient pas le temps d'en profiter, ils travaillaient.

J'ai, comme autrefois, acheté des cigarillos, des Café-Crème. Je n'en fumais qu'en vacances, avec le café, à midi, avec un calva, le soir. C'était un petit bonheur magnifique, évidemment. Dans le jardin, Judith buvait des thés compliqués et lisait des magazines.

— Des forts ? s'est-elle souvenue en attrapant la boîte.

— Oui, j'ai dit. Et puis – j'ai hésité une seconde –, je vais prendre *Elle* et *Marie-Claire* pour ma femme…

Comme autrefois, elle est allée farfouiller dans les rayonnages parmi des centaines de titres. Je me suis demandé comment on pouvait lire encore des journaux, des revues, du papier multicolore, invraisemblable, des trucs délicieusement spécialisés sur la pêche au brochet, sur la pêche en rivière, en mer, sur les motos de telle ou telle cylindrée, les musiques de telle ou telle tendance, les armes à feu, le modélisme, le bricolage, les ordinateurs, la décoration, la cuisine, les jeux, les chats, les chiens, les planches à voile, les DVD, les placements financiers, etc., chaque citoyen de France, chaque citoyen quotidien, hebdomadaire, mensuel, trimestriel poursuivant à l'intérieur d'une petite case sa réjouissance enfantine et désuète.

— Je vais boire un calva, aussi, ai-je dit en montrant le comptoir.

En vérité, j'en ai avalé trois d'un coup, puis trois autres. Les pêcheurs accoudés, bruyants, m'ont fait une place. Deux d'entre eux m'ont reconnu, ils m'ont salué. Nous n'avions jamais parlé ensemble, auparavant. Chaque année, ils organisaient les festivités sans prétention du 14 juillet et du 15 août. Sur la place, devant le bar-brasserie, sous des chapiteaux, on mangeait des moules et une barquette de frites accompagnées d'un verre de muscadet aigrelet. Judith riait. Le soir, il y avait le bal. Les deux pêcheurs, maintenant éméchés, se souvenaient surtout d'elle :

— Une belle femme !

— Une femme rayonnante !

— Exceptionnelle !

— Chaleureuse !

— Vous avez de la chance !

— Comment elle va ?

J'ai articulé lentement, comme si je parlais à des enfants :

— Elle est contente de revenir ici. On a fait une longue promenade, cet après-midi. Alors, elle dort. Et moi j'avais envie de prendre l'air, ai-je ajouté en clignant de l'œil.

Ils ont rigolé :

— Les hommes, c'est sûr, ils ont besoin de leur INDÉPENDANCE !

J'ai acquiescé. En moi, j'ai répété : « Elle dort, oui. Elle dort *dans un séjour plus beau…* » Et c'était la vérité, au fond. La nuit tombait, nous encerclait. Les loupiotes malhabiles, provinciales faisaient ce qu'elles pouvaient dans l'obscurité. Le comptoir sentait la pomme, le Ricard. La jeune serveuse est partie. Ça m'a attristé. Bizarrement, j'ai pensé à l'incinérateur dans la cave. J'ai traîné encore un quart d'heure. La patronne, lasse, a commencé à ranger le bar. Les pêcheurs ont écrit leur numéro sur un sous-bock.

— Venez prendre l'apéro, ce week-end ! a dit l'un en titubant.

— Venez déjeuner, il y aura des amis ! a dit l'autre, tout aussi titubant.

J'ai répondu :

— Oui… Et il y aura MADAME ! ai-je ajouté, titubant, clignant de l'œil.

Je suis revenu par la plage. La marée était basse. Je me suis déchaussé. J'ai marché dans les vagues, dans le bruit asthmatique, raclant, éternel. Des corpuscules, des électrons charnels, crevettes et crabillons nocturnes frétillaient, rapides, non compliqués, exultants, sous mes pieds. Il faisait sûrement frais mais je ne m'en apercevais pas. L'iode, le sel de l'eau se mêlaient dans ma bouche au goût doré et aigu du calva/pomme. Je chantonnais, je me penchais vers la droite de temps en temps, je disais :

— Qu'est-ce qu'on est bien, ici, Judith ! Hein, qu'est-ce qu'on est bien ?!

Puis, j'ai obliqué vers la villa. En arrivant à la digue-promenade, j'ai aperçu un chien. Il allait et venait, les oreilles dressées, visiblement perdu. Il a couru vers moi, je l'ai caressé, j'ai remarqué que c'était une chienne, je lui ai parlé :

— Mon pauvre amour… Mon pauvre amour… Où est ton maître ?

Il y avait un bout de lune au-dessus de nous. Elle a gémi et s'est frottée contre mes jambes. Je n'ai pas réussi à lire son nom sur le collier. Je lui ai dit :

— Viens, allez viens ! On cherchera ton maître demain !

Elle m'a suivi. Dans la villa, je me suis versé un grand verre de calva-16-ans-d'âge et lui ai donné un bol d'eau. Elle avait très soif, elle aussi. Je l'ai à nouveau caressée mais elle était inquiète, elle regardait autour d'elle, elle cherchait son maître ou sa maîtresse. J'ai pensé à la jeune serveuse. J'ai dit :

— Viens, on va à la cave !

Je voulais voir comment fonctionnait l'incinérateur. C'était une grosse machine bleue de la marque Schmidt. Mon grand-père était certainement un demi-fou, mais également un être ordonné : il avait méticuleusement affiché le mode d'emploi sur le mur. Pendant que la chienne visitait les sous-sols, j'ai tourné le petit volant qui ouvrait le compartiment. Il y avait encore de vieilles cendres. Je me suis demandé si c'étaient celles de ma grand-mère, j'ai gloussé. Une fois que j'ai eu compris le mécanisme, j'ai appelé la bête. Je lui ai dit :

— Attends-moi.

Je suis remonté prendre le Glock dans le bureau-bibliothèque. J'ai fini lentement mon calva-16-ans-d'âge. Sur une étagère, j'ai aperçu la clochette argentée, celle que Judith et moi avions achetée à Deauville. Elle l'agitait en riant quand le repas était prêt. Je me suis amusé à la faire tinter, j'ai revu son visage réjoui. « Ô ma fée Clochette ! » ai-je pensé. Je me suis versé une deuxième dose de calva. Je suis retourné à la cave. J'ai ouvert la porte blindée. La chienne dénuée de l'âme m'a accueilli avec de grands bras désordonnés, elle m'a léché follement. Je me suis agenouillé, je me suis mis à quatre pattes. À mon tour, je l'ai léchée, embrassée, elle sentait le cuir, la laine, la salive.

— Moi aussi, je voudrais être un chien ! j'ai dit.

En lui tirant une balle dans la tête, j'ai eu la certitude de lui rendre service. Ensuite, j'ai enfourné le corps dans l'incinérateur Schmidt. Je lui ai souhaité : « Bonne chance ! », je lui ai murmuré : « À bientôt ! À bientôt ! », etc. J'ai allumé l'appareil. Il fonctionnait parfaitement.

Le lendemain, j'ai roulé vers Deauville. Ça faisait drôle d'y aller seul. Heureusement, il ne pleuvait pas ; au contraire, un grand soleil m'illuminait. Machinalement, j'ai caressé le siège passager. J'ai regretté d'avoir tué la chienne, elle m'aurait tenu compagnie. Une pensée cocasse m'est venue : je l'aurais revêtue d'un T-shirt de Judith. J'ai gloussé.

En vérité, je déteste Deauville, son luxe immonde, ses estivants. Quand j'étais enfant, mes parents ne juraient que par Cabourg, par Houlgate – deux laides stations, au demeurant. Et ils avaient Deauville en horreur. Mon père, bizarrement, pastichait Voltaire – l'incipit de l'article « Judée » du *Dictionnaire philosophique* : « Je n'ai pas été à Deauville, Dieu merci, et je n'irai jamais », chantonnait-il. Si je questionnais ma mère sur les raisons de leur rejet, j'obtenais une moue petite-bourgeoise, des demi-phrases, des sous-entendus : « C'est surfait… » « Il y a trop de you… de snobs. » « Rien ne vaut Houlgate ! », etc. Judith, au contraire – au contraire et évidemment –, adorait cette ville. Elle frétillait telle notre clochette, voletait d'une boutique à l'autre, tandis que je trépignais, agacé. Sur les Planches chargées de monde, d'êtres lascifs, riches et huilés, l'angoisse me saisissait – je suis agoraphobe, en effet – alors qu'elle exultait, parlait de la splendeur du sable, s'émerveillait d'entendre le YIDDISH : « Regarde, regarde ! Les vieux ashkénazes, les vieux ashkénazes ! » Dans mon cœur naissaient des attentats. Judith, en riant, m'accusait d'antisémitisme. Il était fort possible que je le fusse, rétorquais-je, riant également. Mais, je le répète, d'abord je vomissais le luxe de cette ville, de quelque race qu'il suintât. Je n'y allais que pour lui faire plaisir, donc.

Pourquoi y revenir, alors ? Lecteurs inattentifs, je vous l'ai déjà dit…

J'ai garé la voiture près du casino. Sans m'attarder, j'ai gagné directement les Planches. Je les ai arpentées durant une heure, observant les endroits les plus gorgés de monde. De temps en temps, je me penchais vers la droite, murmurant joyeusement : « C'est pour bientôt, mon amour, c'est pour bientôt ! » Puis, je me suis assis à la terrasse du Bar de la Mer, elle était archipleine. J'ai commandé un monaco, la boisson de Judith. Des gens heureux, multiples parlaient autour de moi. J'ai saisi des bribes de conversation banales, chaudes, humaines : « David arrive samedi », « Notre belle Sarah nous a quittés l'été dernier », etc. Je leur ai souri. J'étais calme, il y avait une sorte de trêve. Le serveur a posé le monaco sur la table. À travers le liquide rouge orangé, j'ai visé le soleil, puis, un par un, les visages.

Le soir, j'ai refermé la villa et je suis rentré à Paris.

X

Dans la presse, l'information est passée quasiment inaperçue. Marin, au téléphone, était surexcité.

— Le père de Matthieu a reçu un appel furieux de la Présidente ! On s'en fout de cette timé... cette TIMORÉE !!! a-t-il crié.

Et il m'a expliqué. Grâce aux renseignements fournis par Matthieu et l'Antillais, les survêtements venaient de neutraliser une dizaine de fondamentalistes, eux et leurs familles, impliqués dans les prières du XVIIIe arrondissement. J'ai compris que c'était la fameuse opération qu'ils avaient évoquée, la nuit des Prédateurs.

— Neutraliser ?

— En ce moment, ils sont interrogés dans les caves du château. On va faire tomber le plus de monde possible !

— Mais pourquoi les familles ?

Il n'a pas su répondre. Bizarrement, j'ai pensé à la mort. Pour moi, ce n'était rien. Juste une libération, sans doute. Qui me regretterait ? Personne. Par la fenêtre, j'ai regardé longuement de lentes écharpes de nuages.

Ensuite, Matthieu m'a téléphoné pour m'inviter au château la semaine suivante. J'ai accepté. Je lui ai parlé de la situation dans mon lycée. Il m'a dit qu'il allait y réfléchir. Bien sûr, il a été aussi question de l'opération. J'ai demandé pourquoi ils n'avaient pas tout simplement incendié la mosquée à l'angle de la rue Polonceau et de la rue des Poissonniers. Il a rigolé :

— Mettre le feu à ce hangar pourri ? Tu imagines le ramdam ! Alors que là, rien, quelques informations sur des sites spécialisés, et encore… En plus, crois-moi, pour des raisons bêtement électoralistes, les prières de rue seront interdites à la veille des élections. Mais ça ne changera pas le problème. Il faut attaquer le mal à la racine…

J'ai jugé qu'il n'avait pas tort.

— Quand même, pourquoi les familles ? ai-je à nouveau observé.

— C'est préférable.

J'ai compris que je n'aurais pas d'autre réponse. Ensuite, il m'a questionné sur mes activités :

— Alors, ces meurtres, ils en sont où ?

J'ai menti. Enfin, c'était un demi-mensonge :

— Ça avance…

En vérité, je n'avais pas écrit depuis longtemps.

— Ça avance… j'ai répété.

J'ai soigneusement évité Hélène, m'enfermant, quand je le pouvais, dans une salle de cours. Oumar est venu me voir. Peut-être étions-nous reliés par des fils invisibles, puisque, ce jour-là, j'avais quelque chose pour lui. De près, il était encore plus laid, ses cernes étaient profonds, violets, il se serrait contre moi. Je suis certain qu'à ses yeux j'incarne une sorte de dictateur charismatique, un père rigide, autoritaire, impitoyable. Dans ses rêves, dans ses plans naïfs et dérisoires il m'a sûrement réservé un rôle de conseiller rusé. Ou bien j'y occupe la place essentielle et lui-même désire me servir avec l'aveugle soumission d'un chien.

— Vous les avez bien matés, l'autre jour, monsieur ! C'est comme ça qu'il faut traiter ces misérables inférieurs.

Il a ricané telle une niaise caricature de tyran. J'ai sorti le DVD de mon cartable mais ne le lui ai pas donné tout de suite.

— Vous allez vraiment vous absenter encore ?

Je ne lui ai pas dit que je fréquentais un psychiatre. Et comme c'est un garçon très isolé, il n'est visiblement pas au courant de l'affaire de l'INSOLENTE MUSULMANE. J'ai répondu, un peu mystérieux :

— J'ai une mission à mener...

— Politique, je suis sûr !

Psychiquement, Oumar a la maturité d'un lecteur du Club des Cinq. Moi aussi, sans doute. Enfin, je suis un peu plus évolué, je me classerais plutôt dans la catégorie des lecteurs de la Bibliothèque Verte. Il a repris :

— Vous n'allez pas nous laisser aux mains de ce gaucho méprisable !

J'ai compris qu'il parlait de mon remplaçant. J'ai haussé les épaules. J'ai inventé une histoire de stage militaire ou paramilitaire. Là encore, au fond, ce n'était qu'un demi-mensonge et je voulais le tester.

— Ah ! a-t-il gémi d'admiration. Ah ! C'est bien ! Félicitations, monsieur !

Je tapotais le DVD de ma main gauche. Au bas de l'affiche – je ne l'avais jamais remarqué –, il était écrit « Prix de l'Éducation nationale ». J'ai rigolé intérieurement. Oumar a regardé :

— Il a une tête d'ange blond ridicule ! Ses cheveux sont de la couleur de son T-shirt jaune ! s'est-il moqué.

— C'est celui qui s'en sort, dans le film… ai-je précisé. Un film formidable sur le monde de l'adolescence… Tu as déjà entendu parler de la fusillade de Columbine ?

Il a épelé le titre, dubitatif :

— E-LE-PHANT… Oui, ça me dit quelque chose. Douze morts. Plus un professeur… Dans une université impérialiste.

Son savoir m'a surpris et, dirai-je, réjoui. J'ai jugé nécessaire de rectifier :

— Pas une université, un lycée, Oumar… Ce film génial raconte ça. Comme tu peux le voir, ai-je gloussé, il a obtenu le « Prix de l'Éducation nationale ».

— Ah oui ! Ça me dirait de le regarder !

— Il y a quelques lenteurs… ai-je grimacé. Mais les vingt dernières minutes…

— J'imagine !

Brusquement, il a pointé une arme invisible sur les chaises vides en faisant paf, paf, paf ! Ça m'a rappelé Marin.

— Exactement, j'ai dit.

À nouveau tourné vers les chaises, il a prononcé :

— Oumar vous tuera, fieffés couards !

J'ai apprécié les mots « fieffés » et « couards » mais ça ne m'a pas étonné, Oumar est un adolescent qui a plus de vocabulaire que la moyenne.

— Dans votre stage, monsieur, vous utilisez des armes performantes ?

Là encore, j'ai apprécié l'adjectif. J'ai failli lui montrer le Glock dans le holster.

— Bien sûr ! Tu n'en parles à personne, hein ?

J'ai cru qu'il allait répondre « Comptez sur moi, monsieur ! », comme dans un mauvais dialogue, mais, acceptant le DVD, il a préféré dire :

— Je vais le regarder dès ce soir. Je sens que ça va m'inspirer, monsieur !

Je lui ai donné mon numéro de téléphone en lui précisant qu'il pouvait m'appeler à n'importe quelle heure, par exemple pour parler du film. En quittant la salle, il s'est tourné une dernière fois vers les chaises vides et les a visées soigneusement. J'ai mangé mon sandwich au porc. J'ai pensé que j'en faisais un peu trop. J'ai gloussé.

Le soir, j'ai vraiment eu envie de baiser. En tant que profondément littéraire, je sens que cette phrase contient de la vulgarité mais, n'est-ce pas, mon âme, maintenant, jaillissait de ses vieilles entraves, de ses filets, joyeuse, humide, soubresautante pour un dernier et jouissif tour de piste dans l'air brûlant. J'ai calculé que j'avais le choix entre Beverly, Hélène ou la pute nigériane. J'ai écarté provisoirement cette dernière, je la réservais à un autre usage. Quand même, j'ai failli appeler le psychiatre pour lui demander s'il n'avait pas une place libre, dans laquelle je pourrais m'épancher sur le choix. Mais je me suis dit que je m'en sortirais seul. De toute façon, il m'avait assuré de sa surcharge de rendez-vous. Également, j'ai analysé mon envie très soudaine de baiser comme une récompense que je voulais m'attribuer, en raison de la facilité avec laquelle mes projets avançaient, mon destin s'éclaircissait. En une partie d'échecs accélérée, je voyais mentalement les pièces se positionner de plus en plus vite. Je me comprends.

Finalement, j'ai opté pour les deux. Je ne tiens pas spécialement à vous informer de mes frasques sexuelles – la mauvaise littérature est déjà pleine de scènes sordides et mal écrites ou, plus exactement, sordides parce que mal écrites –, mais je dois donner des précisions. Libre à vous de fuir ce passage.

Donc… Durant nos actes (je m'ennuyais, en vérité), je questionnais Hélène sur ses fantasmes. Or, cette pauvre blonde en avait un. Mi-horrifiée, mi-excitée, elle criait : BAISER UNE FILLE DEVANT TOI ! Alors, elle poussait son râle absurde, ruait maladroitement telle une vache renversée, je jouissais maigrement, et même, les derniers jours de la relation, je faisais semblant.

Je l'ai appelée. Étrangement, elle a paru soulagée quand j'ai eu prononcé :

— Voilà, j'ai une petite liaison, une passade, comprends-tu ?

— Je m'en doutais !

Le ton était presque joyeux, j'ai cru qu'elle allait dire « Ah cool ! C'est cool ! ». La pauvre revenait de si loin, il est vrai, qu'un appel émanant de moi était dans son oreille comme un divin velours. Quoi qu'il en soit, j'ai poursuivi :

— Oui, tu vois, la cinquantaine… Le besoin de nouvelles expériences… Peut-être les dernières… Les dernières, ai-je insisté, avant de me poser, de faire des enfants, qui sait…

— Mon chéri…, a-t-elle gémi sans précision.

J'étais devant la glace du salon. Je tressais une corne dans mes cheveux. J'ai pris de ses nouvelles.

— Je lis García Lorca ! *¡ Ay qué terribles cinco de la tarde !* a-t-elle fièrement cité.

Dans le miroir, le Jean-Valmore-doté-d'une-corne a souri. Justement, il était cinq heures du soir.

— Tu te souviens de ton fantasme ? ai-je serpenté.

Il y a eu un silence. La respiration est devenue plus forte, au loin. J'ai trouvé vulgaire la phrase suivante mais je devais la prononcer :

— Ça te dirait, ce soir ?

Il y a eu un nouveau silence durant lequel j'ai tiré la langue, je l'ai agitée telle une petite étoffe rouge, le personnage-à-la-corne a souri encore.

— Le code n'a pas changé ? a-t-elle demandé fermement.

— Non.

— Vingt et une heures, alors.

J'ai quand même été surpris. Elle avait dû lire des magazines féminins, des articles, des tests, je ne sais quoi, du genre : « Êtes-vous une libertine ? », « Doit-on tout accepter de son partenaire ? », etc. Mentalement, j'ai revu son machin moussu, ambré. Il m'a paru excitant.

Avec Beverly, ç'a été plus dur.

— Mais t'es malade ! s'est-elle indignée.

J'ai tenté une plaisanterie :

— C'est ton VIEUX professeur qui te le demande, ah ah !

Bon, il faut peut-être que j'explique la nature de nos rapports. Enfin, je n'en suis pas sûr. Après tout, je ne cherche pas l'amour. Il n'y en a eu qu'un dans ma vie. Ça suffit amplement. Le reste, c'est juste un écho douloureux, un manque auquel on s'habitue. Quoi qu'il en soit, c'était léger, avec Beverly, la légèreté des choses sans avenir, même si, de son côté, il y avait sans doute davantage. Elle voulait, notamment, me présenter à sa famille camerounaise, mais je grommelais que ce n'était pas une bonne idée. Tout au plus, parfois, traînant la patte, j'assistais à de mauvais spectacles de danse, des spectacles multiethniques dans des gymnases de banlieue. Mais j'aimais bien son odeur. Et puis, elle était encore plus jeune qu'Hélène. Ça, c'était pas mal. Je me suis demandé, d'ailleurs, jusqu'où j'allais descendre. Par exemple, ça ne m'aurait pas gêné de tripoter la fille de Marin. Oh pas par vice, non ! Franchement, non ! À dix ans, elles ont déjà leurs mimiques de femme et elles se masturbent, sachez-le. Ce que la civilisation fait d'un côté, avec ses tabous stupides, ses peurs, la nature, impériale et simple, le défait de l'autre, Dieu merci ! (Croyez-moi, j'aimerais, parfois, plonger dans la lumière. Le problème, c'est qu'elle est derrière moi, désormais. Voilà, c'est comme ça.)

Je lui ai proposé de la payer. Elle m'a traité de fou. Bizarrement, je me suis rappelé une définition, lue dans je ne sais quel journal, que j'avais trouvée assez vraie : le fou ne s'arrête pas, le fou est celui qui va jusqu'au bout. Je me suis représenté une charrue dans un sillon rectiligne, étouffant. J'ai gloussé, mais ça m'a fait un peu peur. Je lui ai dit qu'elle n'était pas elle-même un modèle de vertu. Elle m'a demandé de répéter, elle ne comprenait pas ma phrase. J'ai haussé les épaules. Je me suis souvenu d'elle quand elle peinait en classe, au premier rang, le front plissé tel un engrais noir. Je lui ai expliqué. J'ai ajouté qu'elle jouait double jeu : sa morale, ses parents, son Seigneur Jésus-Christ, tout ça, alors qu'elle faisait des pipes à Pigalle ! Elle a raccroché sur ce mot : BÂTARD !

Le téléphone a sonné presque aussitôt. J'ai cru qu'elle revenait vers moi. Mais c'était le Corse, le type du parti qui m'avait remis ma carte d'adhérent. Sa voix était aiguë telle une petite scie. Il s'est étonné de mon absence à la Brasserie de l'Alsace, la veille au soir. C'était une réunion décontractée mais importante, selon lui. Dans une ambiance de franche camaraderie, je cite ses paroles, la secrétaire départementale avait eu à cœur de faire passer aux patriotes un agréable moment de convivialité dans un établissement authentiquement gaulois. À l'avenir, j'étais tenu de participer à toutes les activités de la section, sinon, franchement, il ne voyait pas l'intérêt d'avoir adhéré au parti. Mais j'ai prétexté une réunion au lycée Hug. Il a sursauté :

— Hug ?

— Victor Hugo. Il manque une lettre…

J'ai jugé inutile de lui expliquer le pourquoi et le comment. Puis, il m'a informé, d'un ton agacé, qu'il y avait un tractage-boîtage-parebrisage, la semaine suivante, sur un marché.

— Pas de problème, j'ai dit, tout en pensant que je n'irais pas.

Il a ajouté :

— C'est un tractage délicat. Le quartier est nerveux… Il y a eu une sale histoire…

J'ai senti qu'il allait me demander si j'étais au courant de l'enlèvement des fondamentalistes. Il l'a fait. J'ai répondu non. Il a hésité, puis raccroché.

Ensuite, j'ai regardé sur Internet des recettes aphrodisiaques. Ça m'a paru compliqué. Alors, j'ai commandé un repas dans un restaurant chinois. J'ai dit qu'il me fallait des choses un peu… un peu « amoureuses ». La Chinoise a rigolé.

— Pour trois, ai-je précisé.

Elle a masqué sa surprise sous de multiples et aigus « Bien monsieur ! Bien monsieur ! ».

J'ai acheté du champagne, de la vodka, un peu de tout, et même des fleurs.

Finalement, Beverly est venue. Je m'en doutais, en fait. Hélène a été étonnée par la couleur mais, somme toute, ça l'a excitée davantage. Les deux sont arrivées quasiment au même instant, ce qui m'a évité un tête-à-tête mou avec la blonde. Très vite, elles ont ri en voyant la petite corne dans mes cheveux. Bref, elles ont sympathisé. En vérité, elles n'avaient pas le choix. Et puis, chez les filles, issus de la nuit des temps, il y a une connivence, un pacte de non-agression. Enfin, je crois.

On a dîné. J'ai trouvé Hélène très en forme, très professionnelle. Sous la table, son pied déchaussé tâtait mon pantalon. En haut, elle menait la conversation telle une enseignante aguerrie. L'ambiance était assez paisible, guimauve-électrique, éventuellement. Après tout, nous avions en commun deux choses : le lycée et nos organes génitaux. Cependant, Beverly, malgré sa minijupe en cuir, semblait intimidée. La présence de deux professeurs, sans doute. Je suis allé chercher le dessert, une sorte de crème FOUETTÉE et framboisée. J'ai traîné dans la cuisine, volontairement. À mon retour, H enlaçait B, laquelle roulait un joint. Comme j'avais bu, je me suis dit que je pouvais aussi bien les laisser seules et m'éteindre, là, maintenant, doucement, quitter enfin les bruits et souffrances du monde, en tout cas les miennes, m'évaporer verticalement, oui, et rejoindre peut-être, qui sait, quelque part, les seuls instants de bonheur que j'avais possédés. Mais j'ai pensé que je n'étais pas encore prêt.

La suite est plutôt marrante. Bon, je vous épargne le méli-mélo des chairs blanche et noire sur un drap bleuté, fleuri – mes draps fleur bleue, en somme. Mais je dois quand même employer un langage un peu cru, technique. Mon téléphone a sonné alors que j'étais encastré dans H, laquelle cunnilinguait B. J'ai pris l'appel.

— C'est Oumar, ai-je entendu à côté de la plante des pieds de B.

— Oui, Oumar ! ai-je gloussé.

Il y a eu un silence.

— Ah monsieur, a ricané la voix bêlante, je vous dérange, vous regardez un porno !

— Mais non, mais non ! l'ai-je assuré en me désencastrant de H, tandis que B gémissait fortement. Je t'écoute, Oumar !

— Vous êtes sûr, monsieur ?

De son côté, il y avait un mélange de musique arabe et de journal télévisé, également en langue arabe. Sans doute Al Jazeera. Il devait être dans son épicerie, à la caisse, attendant le client, fumant l'écœurante chicha, auréolé d'une antenne parabolique, lui et ses cernes violets.

— Monsieur, vous êtes un chaud lapin !

J'ai redit :

— Mais non ! Mais non !

— Je viens de finir le film, monsieur…

— C'est bien ! ai-je crié pour couvrir les bruits, tout en tartinant H de crème fouettée-framboisée.

— Monsieur, il faut que je vous parle.

H et B étaient absolument indifférentes à notre conversation.

— Je t'écoute, je t'écoute !

— Vous êtes sûr que je ne vous dérange pas ?!

— Pas du tout, pas du tout ! ai-je regloussé en doigtant B, laquelle m'a lancé un regard reconnaissant à travers ses jambes.

— J'aime beaucoup quand le nègre se fait descendre, dans le couloir de Columbine..., a dit Oumar par-delà la rauque voix d'Al Jazeera. Ce salopard de nègre... Parce que les nègres sont des bons à rien, a-t-il ajouté, bêlant.

— Allons, allons, pas de ça, Oumar !

— Attendez, monsieur...

Il y a eu un silence. Je l'ai entendu, au loin, encaisser trois Red Bull, puis un citron.

— Je suis à nouveau là, monsieur !

— Oui ! ai-je sympathisé, tout en faisant signe à B de prendre la place de H.

— Monsieur, à moi vous pouvez l'avouer, vous regardez un porno !

Il n'y a pas à dire, le cul de B, selon les critères modernes, était plus attractif. H, à son tour, a commencé à criailler. C'était une belle soirée.

— Monsieur, a-t-il repris, il y a mieux...

Mais, à nouveau, il a été interrompu. Au loin, j'ai entendu :

— Quatre tomates ?... Misérables, vous pourriez prendre la demi-douzaine ! Oumar Ier vous pardonne quand même !

Les rires des acheteurs se sont mêlés à celui, fou et niais, de mon élève. Il devait être minuit, minuit quinze. Les fesses de B ressemblaient à une tomate brune juteuse. Enfin, je dis ça pour éviter des trucs du genre : ça clapotait, ça sentait la terre humide, l'organe, l'escargot.

— Monsieur…

— Oui, Oumar ?

— Il y a mieux… Vous avez entendu parler de Virginia Tech ?

— Ah oui, le Coréen… ai-je rêvassé.

— Monsieur, il y a des records à battre !

Sur mon lit, ça a couiné vraiment fort. Je me suis désencastré de B. J'ai éloigné le téléphone.

— Combien ? ai-je demandé.

Les deux filles, couvertes de crème fouettée-framboisée, ont commencé à me regarder. J'ai posé un doigt sur ma bouche :

— Chut !

— Je me suis renseigné, monsieur : le méprisable Chinois n'a fait que trente-trois morts.

— Un Sud-Coréen, Oumar, ai-je rectifié.

— Sud-Coréen, Chinois, c'est pareil, monsieur. Ce sont des Jaunes, des inférieurs !

Il a poussé son rire de tyran niais. Les filles, sur le drap bleuté, s'impatientaient.

— Bon, Oumar, il faut que je te laisse…

— Attendez, monsieur ! Vous savez ce que je dessine, en ce moment ?

Curieusement, j'ai eu une intuition. Mais je l'ai laissé parler :

— Un plan du lycée, monsieur, un plan du lycée ! Ah ! Ah ! Tout. Les escaliers, les couloirs, les salles, les patios, les issues… Un travail monumental digne du grand Oumar !

— Voilà…, ai-je pensé. Voilà, c'est ça.

Je l'ai imaginé dans sa boutique, chétif, laid, couvert d'acné, le teint maladif, traçant malhabilement, minutieusement des lignes, la tête pleine, comme dans un poème de Lorca, d'« une vague astronomie/de pistolets irréels ».

Je n'ai rien dit aux filles. Nous avons dormi rapidement. C'était une soirée vraiment intéressante.

XI

Mes activités d'écriture stagnent. Je n'en souffre pas. Je me suis engagé sur un chemin autrement glorieux. Les refus que j'ai reçus ne m'affectent plus. Je sais ce que je vaux, et si mes contemporains ne veulent pas de moi, qu'importe.

Quoi qu'il en soit, il faisait beau, la nature renaissante, rose, verte rouvrait ses paupières poisseuses. Je sentais ma mort m'appeler mystérieusement. Je crois que seules les âmes élues ressentent cet appel, un appel physique. J'ai pensé que j'étais un romantique et j'ai ri. Je me suis même payé le luxe, la contradiction luxueuse de sauver un moucheron empêtré dans la mousse de ma bière. Je l'ai regardé sécher minutieusement ses ailes pendant un quart d'heure. Je me suis rappelé cette stupide formule : « Qui sauve une vie sauve l'humanité entière. » Je préférais sauver un moucheron, cette tête d'épingle me semblait plus digne de vivre que vous ou moi. Et puis, je me suis demandé si la formule fonctionnait dans l'autre sens, ce qui aurait considérablement arrangé mes affaires : « Qui tue une vie tue le monde entier. » Mais dans l'un et l'autre cas, le nombre, le nombre atroce contre lequel, soyez honnêtes, on ne peut rien, l'emporte.

Si je vous parle de tout ça et de littérature, c'est aussi parce que mon psychiatre, un thérapeute de quartier sans grands moyens, un naïf plein de zèle, un certain Blumberger, a souhaité lire mes productions. Mais moi je m'en fichais, je voulais juste qu'il renouvelle mon arrêt maladie. Bon, j'ai quand même joué le jeu.

Il a commencé par sourire :

— Hum, hum… Le passage avec le psychiatre juif… Je vous inspire !

Il a lu à voix haute :

> Le juif, enfoncé dans un immense fauteuil noir, déclara (c'était notre dernière séance) :
>
> — Vous êtes une personnalité clivée.
>
> Comme je lui demandais des explications, il précisa :
>
> — Coupée en deux.
>
> Mais quand il prononça ces mots, je le vis, lui, fendu verticalement, chacune de ses moitiés affaissée sur un accoudoir. Derrière le fauteuil, se tenait un type avec une hache, il me regardait, un doigt posé sur les lèvres, comme pour dire « Chut ! ». Je me rappelle m'être abondamment lavé les mains. Je partis sans payer.

Je déteste qu'on lise mes textes en ma présence, ils me paraissent affligeants. Je l'ai fixé. Il avait de petites lunettes dorées, sa calvitie brillotait sous un paisible lampadaire de lecture, régulièrement il se frottait les mains, il devait être heureux. Je me suis demandé s'il fréquentait la synagogue. On entendait des bruits de cuisine au fond de l'appartement.

— Hum, hum… J'espère que vous allez me payer ! a-t-il plaisanté.

Il a lu un autre extrait, toujours à voix haute. En tout cas, au début. Ensuite, il a poursuivi en silence, comme s'il venait de tomber dans une trappe ou de disparaître dans un souterrain FAÇON CLUB DES CINQ. Je connaissais le texte par cœur, donc je pouvais reconstituer, même si tout ça, désormais, me paraissait vraiment dénué d'intérêt.

Quand même, je vous résume à nouveau : un type suit une blonde dans la rue, sans but précis, et puis il se retrouve chez elle parce qu'il a un certain talent pour embarquer des filles, alors il y a des phrases du genre :

> Nos muqueuses supérieures s'étreignent devant la fenêtre crépusculaire, je ne ferme pas les yeux, il pleut, on voit la rue, dans les caniveaux coule le sanglot urbain des néons, la langue a goût de pomme, de tabac, d'œsophage, les autos beuglent dans l'encombrement vespéral.

C'est triste et compliqué, il faut l'avouer. Mais là où Blumberger, l'enthousiaste et paisible Blumberger a disparu comme dans un souterrain FAÇON CLUB DES CINQ, c'est sûrement à partir d'ici :

> Une petite rigole de sang teinte les cuisses de la blonde. Je marmonne « Merde, merde, merde ! » En effet, j'ai du mal à retirer le Glock du vagin. J'ai vu des

reportages sur la pêche au thon rouge, une denrée rare, et là j'ai l'impression de dépecer, bien malgré moi, un mini-thon rouge. Finalement, je parviens à sortir le canon de cette connerie de trou.

— Quelle terrible vision de la femme..., a-t-il gémi.

— C'est de la littérature policière, l'ai-je rassuré.

— Quand même...

Il a réfléchi un instant.

— Jean (il m'a appelé par mon prénom, ça ne me semblait pas très professionnel), Jean, a-t-il solennellement prononcé, que vous inspire LE GLOCK DU VAGIN ?

Il a fermé les yeux. Bizarrement, ça m'a rappelé les devinettes de Nounours dans *Bonne nuit les petits*. D'ailleurs, j'ai dit :

— Pimprenelle !

— Pimprenelle ? a-t-il tressailli.

— Vous m'avez fait penser à Nounours.

Il a eu l'air contrarié :

— Ah... Pourquoi pas... Il faut creuser... L'image du père...

J'ai jugé inutile de l'informer que mon père n'était pas un ours brun mais une tortue. Une pendule a sonné six heures.

— Allons, Jean, réfléchissez : LE GLOCK DU VA...

Je l'ai généreusement interrompu :

— Vous voulez m'entendre dire LE GLAUQUE DU VAGIN...

— Exactement. LE GLAUQUE DU VAGIN…

Des odeurs de pâtés tièdes, de pâtés d'Europe centrale progressaient par les dessous-de-porte. À mon tour, j'ai tressailli. Il ne l'a pas remarqué. Des borborygmes se sont échappés de son ventre.

— Le glauque du vagin…, ai-je redit.

— Le glauque du vagin…, a-t-il redit.

— Le glauque du vagin…, avons-nous redit.

C'était une séance productive, comme vous le voyez.

— Tout de même, Jean (j'ai cru entendre mon père), vous devriez vous livrer davantage…

J'ai réfléchi. J'ai pensé que c'était un brave type, finalement. Un jour, ce sentimental pataud – et peut-être était-il devenu psychiatre-psychanalyste par maladroite bonté – m'avait annoncé qu'il cherchait à publier le journal intime de ses parents, rédigé avant leur déportation à Auschwitz. Il était excité comme un gosse, il gigotait sur son fauteuil. Il avait rencontré un éditeur intéressé par l'affaire. Je l'avais prévenu que la plupart de ces gens étaient d'opportunistes marchands, des êtres sans noblesse et que, de plus, Auschwitz était un sujet éculé. Mais il avait continué de s'agiter mystérieusement, d'espérer sur son fauteuil noir, cette ample chaise d'enfant en cuir fatigué. Pour ces raisons, j'ai dit, j'ai humainement dit :

— LE GLAUQUE DU VAGIN me rappelle évidemment ma mère. Tout le monde n'a pas eu une mère comme moi, vous savez…

— Comme *moi* ? a-t-il relevé.

J'ai rectifié :

— Comme la mienne.

— Votre mère vous habite… Ma mère M'HABITE…, a-t-il répété puérilement, tel un petit pêcheur secouant l'appât dans l'eau demi-profonde d'un lac.

J'ai haussé les épaules, j'ai dit :

— Ma mère est une malheureuse garce comme il en existe tant sur la Terre. Elle ne m'a transmis que la haine. La haine de la MATRICE, la haine de ma naissance, la haine du monde… Je suis sûr que la vôtre était une femme bonne. Elle vous a donné le goût des autres, de la vie.

Il a toussoté.

— Voyez-vous, ai-je poursuivi, elle n'est même pas venue à mon mariage. Elle était soi-disant malade, alitée. Et mon père, une personne estimable pourtant, est resté à son chevet. Voilà qui résume beaucoup de choses…

J'ai jugé suffisante mon explication mais il a doucement demandé :

— Jean, votre femme est morte il y a onze ans, c'est ça ?

Qu'est-ce que ça pouvait lui foutre ? La pendule a sonné six heures un quart, je ne voulais pas m'attarder, j'ai juste dit :

— Oui.

Alors, j'ai senti son doigt hésitant évoluer sur ma main, un doigt furtif telle une furtive goutte de pluie. J'ai frissonné. Ça m'a rappelé *L'Attrape-cœurs*, quand l'ancien professeur caresse la tête de Holden pour le sauver. Ce n'était pas très professionnel de sa part, là encore. Il l'a compris. Le doigt de Blumberger s'est retiré comme un fil qu'on coupe. Cette fois, je me suis représenté la fresque de Michel-Ange où un dieu barbu, blanchi, échevelé – et peut-être asthmatique –, dans une espèce de coquille-nacelle-fauteuil ridicule, est censé, du bout du doigt, insuffler la vie à Adam. J'ai pensé que toutes les tentatives de rapprochement étaient vouées à l'échec. Et j'ai eu envie de pleurer, enfin presque. Heureusement, il a prononcé un de ses lapsus à deux sous :

— Jean, pourquoi êtes-vous resté CÉLIMATAIRE, après ?

— *Mater et Dolorosa* ! ai-je finement souligné.

Nous avons longuement, silencieusement rigolé. Mais moi je voulais mon arrêt maladie, rien d'autre. J'ai tapoté l'arme sous mon aisselle. L'odeur des pâtés me mettait de plus en plus mal à l'aise.

— Monsieur Boumberger…

Il a sursauté. Puis, je l'ai vu sourire comme s'il venait de trouver un œuf en chocolat :

— Boumberger… Boum-berger… BOUM-berger ! a-t-il répété tel un gosse.

— Je ne l'ai pas fait exprès.

— C'est très intéressant, ce lapsus ! Décidément, vous m'en voulez ! La cure progresse, la cure progresse à grands pas !

Il était ravi. Il faisait : « BOUM ! BOUM ! » Le fauteuil noir tressautait. Soudain, l'odeur des pâtés est devenue insupportable. Mon front s'est couvert de sueur. Il s'en est aperçu :

— Vous vous sentez mal ?

— C'est l'odeur, j'ai dit en essuyant la PLUIE. L'odeur des pâtés juifs.

Dieu merci, je n'ai pas eu à m'expliquer.

— C'est des KREPLACH ! s'est-il auto-excité. Des raviolis, pas des pâtés ! De la viande hachée, des oignons ! Une pointe d'aneth ! Une vieille recette ashkénaze ! On fait revenir la farce dans un peu d'huile ! Ça FRITOURE ! (Je crois bien qu'il a dit « ça fritoure », en effet). Ma femme les prépare À l'ANCESTRALE ! Comme ma mère…, a-t-il ajouté, délicieusement songeur. Et il a lancé vers les dessous-de-porte un regard plein de reconnaissance.

Ce type-là était vraiment heureux. J'ai failli lui citer un de ses coreligionnaires, un auteur mineur – mineur parce que sombre –, un certain Albert Caraco : « La plupart des Juifs sont malheureux, aussi professent-ils un optimisme délirant, leur amour de la vie rappelle les érections des hommes que l'on pend. » Mais j'ai dit :

— Oui, ce sont des KREPLACH, je sais. Des KREPLACH. Je le sais parfaitement !

Il m'a regardé, surpris. En vérité, je me sentais comme un lourdaud marchant sur une tombe en porcelaine. Le tout sous la pluie, une terrible pluie. N'ayez crainte, je vais bientôt vous expliquer cette histoire : Judith, le cimetière de Bagneux, la fameuse pluie et tout le bazar. Mais bon, c'est difficile. Et je me dirige vers tellement ailleurs, maintenant. Quoi qu'il en soit, j'ai eu un nouvel arrêt de travail. C'était l'essentiel. J'ai calculé qu'il me restait deux jours de cours à effectuer, pas davantage. Et comme mon emploi du temps me laissait libre en fin de semaine, j'ai décidé – définitivement décidé – que j'irais voir ma mère le lendemain. J'ai bouffé deux somnifères. Je voulais juste dormir d'un sommeil sans rien. Un sommeil majuscule doté d'une main, laquelle aurait simplement barré d'un trait douze heures de ma vie. Et j'aimerais ajouter ceci : vous, de quelle poche, par quel tour de passe-passe sortez-vous votre bonheur ?

XII

Je me suis levé en forme, des cloches sonnaient au loin, j'ai pensé : « Il est temps. » Pour me motiver, j'ai chantonné en me rasant. Je n'ai pas téléphoné à ma sœur, je ne voulais pas m'encombrer de cette grande dépressive. De toute façon, elle m'aurait désapprouvé. J'ai emporté des gants. Je savais que je devais accomplir cette chose mais, croyez-moi, ce n'était pas une partie de plaisir. Je me suis dit que je resterais une heure, tout au plus. Dans la voiture, j'ai mis à tue-tête l'*Erbarme dich* de Bach, ce triste chant de la *Passion selon saint Matthieu*. J'ai pensé à mon père. Je crois que le vieux à tête de tortue, là-haut, me regardait en silence, courroucé et réjoui – si cet alliage existe.

— Je vais t'expédier ta femme, ai-je prononcé. Plus jamais tu ne seras seul, là-haut !

La légende raconte que mes parents se sont connus à l'âge de douze ans et qu'ils ne se sont plus quittés. Rose et trompeuse légende, en vérité ! Certes, je n'ai pas à juger le lien qui les a unis. En revanche, ce que je sais tient en une phrase : je ne suis pas heureux.

Ou, plus exactement, comme dans un syllogisme tronqué, je peux dire ceci : un couple inséparable m'a mis au monde, or je ne suis pas heureux. Et, précisément, je suis malheureux dans le compartiment le plus fondamental de la vie : l'amour. À partir de là, deux conclusions se présentent à moi : soit, résultat de ma propre chimie, puis de ma propre histoire, je porte seul la responsabilité de cet état et, vraisemblablement, je suis condamné à affronter une pente qui sera de plus en plus pavée de solitude et d'alcool ; soit, m'engageant dans le procès des fautes multiples et enchevêtrées, je me retourne largement contre eux et contre le monde, et je puis espérer guérison ou au moins soulagement.

Quoi qu'il en soit, je roulais vers Rueil-Malmaison, banlieue bourgeoise. L'établissement se trouve dans les hauteurs. J'ai acheté un bouquet. La fleuriste a voulu m'imposer un emballage en papier :

— Le papier est champêtre, a-t-elle argumenté. Ça va très bien avec les marguerites. Un PACKAGING (j'ai sursauté) transparent serait une faute de goût et…

J'ai exigé la TRANSPARENCE. Elle s'est exécutée, la mort dans l'âme. Elle était maladroite, la cellophane grinçait. Au moment de planter les aiguilles, elle s'est percé un doigt. Intérieurement, je me suis réjoui : « Connasse, voilà ta punition ! » Alternativement, elle suçait son pouce et dispersait des gouttelettes de sang sur l'emballage. J'ai payé par carte, ça l'a énervée davantage, alors, pour la calmer, j'ai dit :

— Ma mère n'en a plus pour longtemps…

Ensuite, j'ai roulé lentement et je me suis demandé : est-ce vraiment nécessaire ? J'ai pensé aux désagréments : les formalités, le coût, la cérémonie, etc. Mais aujourd'hui ou demain, ce serait pareil, alors… Mauvais moment à passer, voilà… (Déjà, pour mon père, j'étais saoul, j'avais bu toute la nuit, j'avais failli ne pas y aller.)

Dans la plus stricte intimité, ai-je programmé. En catimini, en cachette, en douce, en secret, clandestinement, bon sang ! Ma sœur et moi, point final.

> Madame Laurence Valmore et Monsieur Jean Valmore/Sa fille et son fils/Ont la ~~profonde~~ douleur de vous faire part de la BRUSQUE disparition de/Paulette Valmore/née Franklin/Survenue le… à l'âge de ~~92~~ 88 ans/L'inhumation aura lieu au cimetière de… le… DANS LE PLUS GRAND DÉNUEMENT/Le corps y sera transporté sur une carriole tirée par un âne./ Il sera vêtu de la robe de chambre tachée – bave, sauce, graisse –, qu'Elle ne quittait plus en Ses derniers instants…

J'ai rigolé.

Ensuite, j'ai zigzagué entre des vieilles – essentiellement des vieilles – en chaise roulante. Enfin, pas toutes : les plus valides siégeaient sur des fauteuils Napoléon III, des horreurs bariolées qu'on achète par correspondance. J'ai traversé plusieurs salles. Tout était propre, fonctionnel. Les néons, les plafonds en polystyrène, le linoléum brillant, ça ressemblait à une espèce de bowling. (D'ailleurs, moi, là-bas, si j'étais infirmier, j'inventerais un jeu, le GRANNYING : tu installes six vieilles devant un mur (les quilles), puis tu lances une autre vieille en chaise roulante (la boule), et tu vois le résultat : si tu fous en l'air les quilles, t'es la championne, ma belle, et on t'applaudit très fort !) Des grands-mères bien nourries et avachies m'ont souri, elles essayaient d'engager la conversation. Je me suis cru à la SPA de Gennevilliers : je me souviens, au refuge, les vieux chats m'agrippaient tendrement, certains grimpaient sur mes épaules, ils espéraient. Finalement, j'avais pris le plus jeune.

Ensuite, je suis entré dans la chambre. Elle dormait, masse informe sur un lit à roulettes. Au-dessus, il y avait un crucifix et un néon. Le néon, détraqué, clignotait. Ça sentait la soupe.

— Maman…, ai-je murmuré.

Je n'avais pas prononcé – prononcé sincèrement – ce mot depuis des années, croyez-le. Par la fenêtre, on apercevait un bout de jardin. La météo prévoyait un orage. La lumière, donc, était légèrement cuivrée. Sur une commode en merisier – enfin, j'imagine que c'était du merisier –, il y avait ses objets proprement alignés dont, évidemment, des portraits : mon père, ma sœur, moi – moi, ma sœur, vers l'âge de cinq ou sept ans, souriant sur de petits rochers. « Comment toute une vie peut-elle tenir dans une chambre de douze mètres carrés ? ai-je songé. Comment une vie si importante, si lourde de conséquences – si lourde de conséquences pour moi –, peut-elle s'achever dans une chambre lavée, anonyme ? Par quel sordide processus l'enfant qui m'a mis au monde gît-il ici, vieilli et perdu, sous un néon détraqué ? » Quand même, je me suis dit qu'elle m'avait bien bousillé, la garce !

Une force de la nature, ma mère, c'était, avant ! D'ailleurs, la directrice de l'établissement, au début, m'en saoulait les oreilles : Madame Valmore par-ci... Madame Valmore par-là... Un boute-en-train... Une énergie... Parlant sans cesse... De ses enfants... Toujours le moral... Si toutes les pensionnaires étaient comme elle... Épuisante... Oui, elle les épuisait, comme elle avait épuisé tout son monde. Mais, maintenant, c'était terminé. Terminé.

J'ai ôté le packaging grinçant, écourté les tiges des fleurs, posé le vase sur la commode. Je me suis assis dans un fauteuil bleu. J'ai réfléchi : est-ce que je le fais tout de suite ? Elle s'est réveillée.

— Louis ?

— Non, c'est Jean. Papa est mort, tu sais bien...

— Ah oui... C'est vrai... Il est là ? a-t-elle ajouté.

— Il est mort !

— Ah oui...

— Laurence n'a pas pu venir...

— Laurence ?

— Ta fille.

— Ah oui... Et Louis ?

— J'ai apporté des fleurs.

Elle a regardé le vase.

— Je vais t'aider à te lever.

— Je peux le faire toute seule !

La robe de chambre était tachée. J'ai cédé le fauteuil et entrouvert la fenêtre. Sous le cuivre grossissant du ciel, un couple de ramiers a traversé l'espace.

— Laurence est encore vivante ?

— Elle viendra la prochaine fois… La prochaine fois, ai-je répété.

Sa bouche mâchait quelque chose, mais je savais qu'il n'y avait rien, c'était machinal. Ses yeux fixaient un objet sur la commode. Elle a prononcé :

— La maison… La guerre…

— Non, c'est un calendrier de l'Avent. Le mien. Quand j'étais petit.

— Ah oui… Tu n'es pas né pendant la guerre ?

Les mâchoires ont poursuivi leur mouvement mécanique, lointain. J'ai observé, pris d'une inextinguible tristesse. C'était un triptyque en carton à moitié déchiré, un village enneigé. À droite, une église ; au centre, un chalet fumant ; à gauche, la sainte crèche. Les vingt-quatre fenêtres du calendrier étaient ouvertes, petits univers colorés, douloureusement puérils. On voyait des sapins, des luges. Des enfants jouaient sur la neige. Comme dans *Solaris*, je me suis rappelé le tableau de Brueghel – bien que ça n'ait pas énormément de rapport, à part la neige –, où il y a les chasseurs courbés, les chiens efflanqués, le ciel vert, l'oiseau noir. À voix haute, j'ai pensé :

— On mettait une lampe derrière et les fenêtres brillaient. Les toits étaient tout blancs. J'avais cinq ans…

Elle a sursauté à cause du tonnerre. Une odeur d'électricité est entrée. Le néon clignotait.

— Louis ! a-t-elle crié.

Je savais qu'elle allait encore m'emmerder avec ses histoires de bombardements, mais moi je regardais toujours le triptyque enneigé et je voulais refaire mon enfance sans elle. Bien sûr, j'aurais dû expédier les choses. Il n'y avait plus rien à sortir de cette femme, d'autant que l'odeur d'électricité m'énervait. À tout hasard, prématurément, j'ai attrapé le packaging transparent.

— Louis, est-ce qu'il est descendu à la cave ? a-t-elle demandé en se redressant brusquement dans le fauteuil bleu.

Elle avait épaissi. On aurait dit un gros cafard. Une mèche jaune-gris, une teinture ratée et impudique balafrait son crâne et il y avait les taches sur la robe de chambre. J'ai mis les écouteurs dans mes oreilles, l'*Erbarme dich* de Bach, le fameux « Prends pitié, Seigneur ».

Kathleen Ferrier est morte d'un cancer vers cinquante ans, je crois. Juste avant, elle a enregistré le *Chant de la Terre* de Mahler, où il est plus ou moins exprimé ceci : la Nature, éternellement, reverdira. Enfin, je peux me tromper. Il faudra que je vérifie. Quoi qu'il en soit, Ferrier, quand elle a enregistré ce disque, savait qu'elle allait mourir et que la Nature, elle, reverdirait éternellement – éternellement, oui. Mais là, donc, elle chantait le douloureux *Erbarme dich*. Il y a eu un nouveau coup de tonnerre, puis un autre.

— Où sont mes enfants ? Où sont MES enfants ? a demandé ma mère, ma mère puérile dans la chambre lavée, anonyme.

— Maman – là encore, j'ai été étonné par le mot –, maman, ai-je dit, il faut que tu ailles sur le lit. À cause des bombardements, ai-je ajouté pour lui faire plaisir.

Pour lui faire plaisir, je crois. Et j'ai commencé à produire des suintements dans mes yeux, des débuts de larmes, si vous préférez, bande de cons !

— Maman ! ai-je redit.

Et il y avait le triptyque déchiré, et le tableau de Brueghel, les chasseurs moyenâgeux, noirs, courbés, infiniment fatigués, portant tout le poids de l'histoire humaine, en somme, et puis ce film de Tarkovski où il est question d'un océan magmatique, idéal, lequel, en gros, ressuscite les morts. Enfin, je ne savais plus trop où j'en étais. Mais il fallait continuer comme dans une longue nuit.

Subitement, il a fait sombre et, sous le néon, le crucifix clignotait.

— Il faut l'éteindre, ai-je murmuré.

— Va chercher Louis ! a-t-elle réclamé, la tête tournée vers l'immense pluie. Remets-moi sur le lit !

Je me suis levé. Je l'ai aidée. J'ai coupé le néon.

Puis, sur la commode, j'ai déplacé une lampe.

— Regarde, ai-je espéré.

Les fenêtres minuscules, au loin, brillotaient, jaunes, déchirées.

— Il ne faudrait pas vivre jusqu'à cet âge, a-t-elle prononcé. Quelle connerie !

— Allons, allons ! ai-je dit en m'asseyant dans le fauteuil.

J'ai eu envie de boire. À défaut, j'ai allumé une cigarette. Alors, je suis sorti dans le jardin. La pluie tombait, longue, affaiblie. Un ramier couleur de foie gorgé est venu se percher sur une branche. Puis, un deuxième. Sa femelle, sans doute. Ils se sont mis à roucouler. Je les ai visés comme un gosse, avec mes doigts, en faisant paf, paf, paf ! Mais ils s'en foutaient royalement. J'en ai eu marre. La vieille commençait à m'emmerder, en réalité. Je suis rentré dans la chambre. À nouveau, j'ai enfoncé mes écouteurs dans mes oreilles pour me redonner un peu d'humanité ou, plutôt, pour en espérer une lichette. Mais je me suis dit que l'*Erbarme dich* ne convenait pas. J'aurais dû prévoir de la TECHNO, répétitive et écrasante. La techno que j'écoutais l'année où j'ai chuté profondément, « au milieu du chemin de notre vie ». J'étais au chômage, je sortais toutes les nuits. Les discothèques étaient ternes, peuplées. Il y avait des transsexuels sur des planchers en bois. Mais ce n'était pas si mal, au fond. Enfin bref, je ne suis pas là – je ne suis pas là, en vérité – pour raconter mon existence, cette grosse saloperie.

Il faisait vraiment sombre dans la chambre. À part les petites lumières, là-bas, sur la commode. Et ça a redémarré, bon sang, ça a redémarré :

— Louis ?! a-t-elle appelé.

J'ai rallumé le néon. Le Christ s'est remis à clignoter avec son bruit sec, métallique, un bruit sporadique et stupide d'élastique, quelque chose comme ça. Et l'autre, la mourante, Kathleen Ferrier, elle roucoulait trop humainement le fameux « Prends pitié, Seigneur ». J'en étais jaloux, fatigué de cette prétendue perfection humaine, morale, ça ne menait à rien – au combat de soi-même contre soi-même, tout au plus, à l'éternelle hésitation.

Alors, j'ai enfilé les gants, attrapé le packaging. Qu'aurais-je à dire à un jury, pour ma défense, s'il le fallait ? L'amour, je répondrais – l'amour, en définitive. Je me suis approché. La voix somptueusement criait comme un immense papier qu'on déchire.

— Quelle heure est-il ? Quelle heure est-il ? a-t-elle répété.

— Cinq heures.

— Déjà, a-t-elle sursauté.

J'étais allongé sur elle et le packaging transparent, sur son visage, ressemblait à une vitre. En même temps je ne voulais pas. J'appuyais trop doucement. Derrière la cellophane, les lèvres remuaient mais je n'entendais rien.

— Quoi ? ai-je dit en éteignant le Christ.

Je me suis penché vers la vitre. Il y avait la mèche jaune-gris écrasée. Les yeux courroucés cherchaient de l'air. Je l'ai embrassée. « Je t'aime, ai-je articulé. Je t'ai toujours aimée malgré les apparences », ai-je insisté. J'ai appuyé plus fort. Dehors, les ramiers, lesquels venaient de s'accoupler brièvement, réparaient, à petits coups de bec, le désordre. J'ai pensé à la neige, aux chasseurs de Brueghel, au pimpant recommencement des activités humaines. Éternellement, la Nature reverdirait. Et je me suis rappelé que je devais aller voir un spectacle de Beverly. Voilà, c'est tout*.

* Pour le reste, je vous passe les détails, ce n'est pas très intéressant : les formalités, les vagues soupçons de la directrice, ma sœur, l'enterrement. Tout ça, c'est pour les romanciers à deux sous. Le soir, j'ai eu envie de baiser. Le mois de mai venait de démarrer.

XIII

Le printemps était donc bien installé, dans les jardins le peuple des vertes cimes valsait, embrigadé par un vent tiède et puissant, l'air sentait la graine broyée sous un cuir de bottes, à nouveau les fenêtres ouvertes jetaient des sons, les couples âcres et mouillés s'aimaient la nuit et il était temps, pensais-je – pensais-je en longues phrases soulevantes, *bigbangesques* –, que JEAN VALMORE prît ses vraies dimensions.

J'ai donné mon dernier cours, à tous les sens du terme. J'étais un peu nerveux. Mon cou portait des traces de griffures mais je m'en suis aperçu trop tard. Des élèves me regardaient. Malgré ma veste boutonnée, ça pouvait attirer l'attention sur le holster. J'ai donc plaisanté :

— La nuit a été torride !

Certains ont ri, surtout Oumar :

— Ah ! Monsieur, vous êtes un chaud lapin !

Ils ont repris leurs parties de cartes et moi la lecture de mon journal – justement, ça parlait de griffures dans l'affaire DSK.

À la récréation, je suis allé vérifier l'état de la Nigériane (n'ayez crainte, je vais vous expliquer.) J'ai desserré un peu les liens mais je n'ai pas enlevé le ruban de scotch sur la bouche. J'avais prévu une paille et une petite bouteille, alors j'ai enfoncé la paille dans une narine, elle a dû boire ainsi. Ce n'était pas très pratique. Grâce au bandeau, Dieu merci, je n'ai pas vu ses yeux. Le coffre sentait la sueur mais il y avait suffisamment d'air. Des collègues fumeuses, au loin, discutaient – sans doute de DSK –, elles s'agitaient, en tout cas, elles ne voyaient qu'une silhouette s'affairant près d'une voiture. Le soleil était doux. La météo prévoyait un week-end agréable. J'ai refermé le coffre.

En revenant, je me suis joint aux fumeuses. Elles ont toléré ma présence. Je me suis cru dans une troupe de lionnes dynamiques. J'ai allumé une cigarette. Je me suis demandé : où sont les mâles ? Au lycée, la disparition des fumeurs et l'abondance des fumeuses m'intriguaient. Il devait s'agir d'un profond mouvement de société, ai-je pensé. Enfin, je n'y connais rien. Je me tenais, masse silencieuse sous le soleil, parmi les bavardages. Comme prévu, il était question de DSK. Les lionnes se divisaient en deux groupes, les tueuses et les clémentes. Les tueuses voulaient asseoir DSK sur une chaise électrique. Les clémentes brandissaient la présomption d'innocence. J'ai pensé : « Un jour, il y aura une guerre entre les femmes et les hommes. » J'ai bâillé. Heureusement, la cloche a sonné. J'ai regardé ma voiture, au loin.

Oumar est venu me parler. Comme d'habitude, il m'a salué d'un geste raide, une sorte de demi-salut nazi caricatural.

— Monsieur, je vais vous regretter.

— Allons, allons…, ai-je lâché. On se verra dans les couloirs, l'an prochain.

Intérieurement, j'ai répété « l'an prochain ». Mais ça n'avait aucun sens. Je l'ai regardé en essayant de lui faire comprendre qu'il n'y aurait pas d'« an prochain », que tout était derrière moi, désormais. J'ai failli ajouter : « La Nature, éternellement, reverdira. » Également, j'ai failli serrer son bras, palper son épaule pour y graver quelque chose. Je me suis trouvé ridicule.

— Si, monsieur, il n'y a que dans vos cours que j'ai pu m'exprimer !

Par les fenêtres, j'ai vu des nuages. Du vent les poussait quelque part. Ils semblaient pressés. Machinalement, j'ai récité en moi : « Comme un nuage, comme un navire, comme une ombre… » La voix bêlante a poursuivi :

— Monsieur, dès que j'ouvre la bouche, ils se moquent.

— Tu l'as bien cherché.

— Ce sont des inférieurs. Il est normal qu'Oumar les traite ainsi !

— Si tu avais été agréable avec eux, si tu n'avais pas professé d'absurdes idées extrémistes – j'ai gloussé –, tu aurais des camarades. Comment veux-tu qu'ils t'acceptent, tu admires Kadhafi, Hitler…

— Ces hommes sont des héros ! Je suis de leur trempe !

Je l'ai observé. Après le lycée, que ferait-il ? Vraisemblablement, il serait épicier. L'hiver, il tousserait près d'un radiateur électrique en compagnie de tomates pelées, de produits périmés, jusqu'à deux heures du matin. Une grosse femme, peut-être, lui cuirait sa chorba. Vers cinquante ans, il développerait un diabète, une maladie pulmonaire. Il s'éteindrait précocement dans un hôpital de banlieue, voilà tout. Mais, au fond, ai-je pensé, Hitler était un peintre raté, alors, qui sait ?

— On va entendre parler de moi, monsieur ! Regardez !

En souriant (j'ai vu l'appareil dentaire entre ses lèvres épaisses), il a déplié trois grandes feuilles reliées soigneusement par du scotch. Je me suis penché sur le plan. Des flèches rouges indiquaient des déplacements.

— Attendez…

Il a sorti de sa poche un soldat en plastique.

— Mon score sera bien supérieur à celui du misérable Chinois.

Cette fois, je n'ai pas corrigé l'erreur. Il a promené le soldat le long des flèches. Sur le plan, j'ai lu :

11 h 30. Pénêtrer dans le hall. 3 bombes au propane sur les porte d'entrées pour qu'il y est un feu isolant. ILS SERONT EMPRISONÉS COMME DES RAT !! Temps de reaction estimé des forces de l'ordre : 10 mn.

— Monsieur, faites pas attention aux fautes !

— Écoute, j'ai dit, arrête tes conneries !

— Ce n'est pas un jeu, monsieur ! s'est-il énervé.

Je me suis demandé s'il était armé. À tout hasard, j'ai palpé le Glock.

— Tu as toute la vie devant toi..., ai-je grimacé mollement.

Buté, il a déplacé le soldat en faisant paf, paf, paf ! *Dabord la cantine*, ai-je lu. *Arme automatique TEC-DC9 comme dans* Elephant. *Estimation victimes : 12/15. Estimation temps : 2mn30.* La flèche montait ensuite vers les salles de cours. Instinctivement, j'ai dit :

— Mais pourquoi les salles de cours ? Et la salle des profs ?

— Attendez, monsieur, attendez ! Il a ricané. C'est juste un petit nettoyage, là-haut, comme ça...

Le mot « nettoyage » m'a évidemment intéressé. À haute voix, j'ai rêvé :

— Si tu ne bloques pas la salle des profs et l'administration, ils vont s'enfuir par là et par là.

— Oui, je sais. Et puis là, là et là !

Il montrait sur le plan.

— À Columbine, ils étaient deux... ai-je objecté.

— Et le Chinois, alors ?! Monsieur, à cette heure-là, il y a environ mille personnes à l'intérieur du lycée. J'estime pouvoir en éliminer seul cinq pour cent, soit (il a consulté des chiffres sur un coin du plan) cinquante individus.

Tout de même, j'ai observé :

— Tu vas perdre du temps, à l'étage. Pour un rendement faible. Et quand tu seras là-haut, les autres vont foutre le camp par là.

J'ai montré le parking.

— Ah, monsieur, le parking, j'y ai pensé ! J'ai prévu une bombe quand ils ouvriront la porte.

J'ai réfléchi un instant. J'ai repris possession de la réalité :

— Ça va faire beaucoup de sang, tout ça. Ce n'est pas seulement sur un bout de papier, Oumar ! Imagine – j'ai essayé de lui donner un aperçu convaincant –, imagine le travail des agents de service, le lendemain, par exemple…

J'ai poursuivi :

— Au moins, fais une liste des personnes qu'il faut épargner…

— Ce sont tous des cafards !

— Quand même, ai-je insisté, il y a bien quelques camarades ou professeurs que…

— Aucun. À part vous. Mais vous serez dans votre luxueuse demeure parisienne, bien au chaud. Vous suivrez ça à la télévision. Sur les chaînes corrompues de l'État français ! Monsieur, a-t-il ajouté, vous habitez sûrement une luxueuse demeure ?

J'ai ignoré la question, j'ai dit :

— Mais toi… À Columbine, à Virginia Tech, les… – j'ai hésité –, les auteurs se sont suicidés…

Il a écarté l'objection d'une main théâtrale et lasse. J'ai cru qu'il allait clamer une boursouflure du genre « Je mourrai en héros ». Il a poussé son rire de tyran niais :

— Oumar a tout prévu, monsieur ! Le scooter, l'itinéraire, etc.

Il m'a montré le trajet sur la troisième feuille : les avenues anonymes, l'autoroute vers Paris.

— Après l'opération, je gagnerai le sud de la France. Ensuite, je rejoindrai le grand Kadhafi. La vermine impérialiste va entendre parler de nous !

Décidément, il avait la maturité d'un lecteur du Club des Cinq. J'ai haussé les épaules.

— Écoute, Oumar, je comprends que tu rêves de ça. Parfois, on a envie de tout foutre en l'air, hein ? À ton âge, en particulier. L'adolescence… L'adolescence est une tempête ! ai-je gloussé (tout en songeant instantanément que la mienne n'avait été qu'un marais mitigé, une geôle puérile et malsaine). Mais de là à passer à l'acte, Oumar ! Seuls les fous passent à l'acte, hein ? Seuls les fous…, ai-je conclu en essuyant mon front.

Il m'écoutait en souriant lointainement. À nouveau luisait, perlé de salive grise, l'appareil dentaire. En vérité, à ses yeux, je n'étais qu'un moucheron amélioré.

— Oui, monsieur. Vous avez raison, monsieur. D'ailleurs, il y a un problème. Un vrai problème, monsieur.

— S'il n'y en avait qu'un ! Tout cela est ridicule… ai-je grimacé.

J'avais envie de mettre fin à l'entretien. J'ai regardé à nouveau les nuages. Ils passaient rapidement au-dessus du centre commercial, par-delà l'avenue sans beauté. Je me suis demandé comment on pouvait vivre ici.

— L'argent, monsieur, l'argent pour les armes..., a-t-il poursuivi en louchant vers ma veste Armani.

— Eh oui...

Brusquement, j'ai eu envie de changer d'air.

— Écoute, Oumar, on reparlera de tout ça plus tard. Tu as mon téléphone, hein ?

— Monsieur...

Je l'ai laissé. J'ai descendu difficilement l'escalier parmi la masse bruyante, charnue, anonyme des élèves qui montaient en cours – qui montaient vers le SAVOIR, ai-je gloussé. J'ai imaginé des cris, d'immenses rubans de sang.

Sur mon répondeur, il y avait beaucoup de messages. Ça m'a inquiété. Je ne supporte pas les intrusions. De petites voix bourdonnaient, comme accrochées à un papier tue-mouches. Le premier insecte dérangeant était Hélène. Elle me traitait de salaud. J'ai haussé les épaules, allumé une cigarette. Dans la cuisine, j'ai sorti du frigo une canette fraîche, deux belles tomates Supersteak F1, de la chair. Ensuite, j'ai installé ma planche à découper sur la table du salon. J'ai palpé, reniflé la chair, un mélange saucisse/bœuf très agréablement parfumé. Je me suis demandé s'il fallait prévoir une troisième tomate pour la Nigériane dans mon coffre mais je n'en possédais que deux.

Hélène – au loin, sur le ruban tue-mouches (sans pleurnicher, pour une fois) – grésillait : elle avait bien compris que je m'étais servi d'elle, l'autre soir ! Elle y voyait clair, maintenant ! J'étais un pervers, un manipulateur ! Pire ! Un fasciste ! Un xénophobe ! Un antisémite ! Un raciste de la pire espèce ! Elle ne comprenait pas comment elle avait pu partager ma vie pendant deux années ! Bref, elle s'en voulait de son aveuglement ! J'ai rigolé, évidant une Supersteak F1 (qui avait trouvé ce nom infect ?), à l'aide d'un couteau à pamplemousse. (PARTAGER MA VIE ! Mon Dieu, rien que ça ! Personne ne partageait ma vie, par quelle stupide vanité croyait-elle échapper à la règle ?) Il est inutile d'essayer de me recontacter, pauvre malade ! concluait-elle.

J'ai jugé que « recontacter » était également un mot d'une grande laideur. J'ai tranché les derniers ligaments, versé la pulpe sur la planche, tassé précautionneusement des lichettes de chair dans la Supersteak.

J'ai allumé la télévision. Sur BFM, une journaliste piaillait. La grosse tête vieillie, épuisée de DSK est apparue pour la millième fois, il portait des menottes et un imperméable noir, il faisait nuit. Deux hommes mûrs et cravatés l'encadraient et lui tenaient les bras. Ils arboraient un masque extraordinairement sérieux, sévère, comme s'ils prenaient la pose devant un peintre de l'ancien temps, un peintre flamand, par exemple. Je me suis rappelé le *Jugement de Cambyse* de Gérard David : sur le panneau droit du diptyque, un bourreau, un couteau entre les dents, ôte la peau d'une jambe d'un juge corrompu. On dirait qu'il le déshabille, en somme. Ou qu'il enlève, avec beaucoup de calme et de précision, les collants d'une femme. Autour de la table du supplice, les spectateurs, dans mes souvenirs, ont la même expression que les Américains encadrant DSK : grotesquement sérieuse, masculine. J'ai rajouté de la chair dans la Supersteak, mes doigts étaient poisseux et odorants. Je me suis demandé ce que j'allais faire de la Nigériane.

Je vous explique. L'autre soir, Beverly était chez ses parents, j'ai eu besoin de me détendre. Alors, j'ai arpenté le boulevard. La Nigériane travaillait toujours au même endroit, à côté de Château-Rouge. Je l'ai reconnue grâce au petit sac à main. Elle est montée dans ma voiture et on a trouvé un lieu calme au-delà du périphérique, vers des entrepôts. Au moment de payer, je lui ai donné la moitié de la somme réclamée parce qu'elle avait déjà perçu vingt euros, la nuit des Prédateurs. Je le lui ai rappelé. Tout en s'essuyant la bouche avec un mouchoir, elle a commencé à m'injurier : « Enculé de ta race ! » « Sale blanc ! » « Sale juif ! », etc. « Sale juif », ça m'a fait bizarre, quand même. Son petit sac martelait ma tête, ses ongles me griffaient. J'ai observé la scène dans le rétroviseur intérieur : un homme blanc et digne, un bel homme de cinquante ans, agressé violemment par une femme noire ! Mais, dans le rétroviseur, j'ai vu aussi une BMW arrêtée et un nègre en survêtement qui courait vers moi. Je n'ai pas réfléchi, j'ai sorti le Glock, j'ai frappé la fille puis, quand le nègre est parvenu à la hauteur de ma portière, j'ai tiré. Ç'a été le premier vrai coup de feu de ma vie – si l'on excepte la chienne. Mais je n'ai pas eu le temps de me pencher sur des considérations métaphysiques, morales. En plus, un nègre, la nuit, on ne voit rien. Et celui-là était sûrement une vermine anonyme, point final. Alors, les histoires comme dans *L'Étranger* où y a tous ces trucs ridicules quand Meursault tire sur un Arabe, les « cymbales du soleil », le « glaive éclatant », la « porte du malheur », tout ça, croyez-moi, c'est des conneries. Moi, j'ai juste dit : « Merci le Glock ! » Je l'ai caressé comme un chat vibrant. « Merci la rue déserte ! » J'ai démarré. J'ai roulé lentement, vitres ouvertes. Il faisait bon, on était en mai, les arbres sentaient l'urine et le sucre. J'entendais le chant puissant, calme, technologique de mon moteur. J'ai fait le tour complet de la ville, juste pour le plaisir de rouler. J'avalais délicieusement des fragments dorés, roses de bourbon. Je suis entré dans Paris. Pour le reste, c'est seulement des gestes machinaux, vous savez, dans l'urgence ralentie, vaporeuse de l'alcool : aller chez moi chercher des cordelettes et du scotch, revenir à la voiture, ouvrir le coffre, y enfermer la Nigériane ligotée, etc. Le garage paisible et inanimé avait une odeur d'essence vieillie. Ensuite, sans doute, j'ai eu envie de boire. Boire encore, oui. Un peu comme un petit terrain inutile et opiniâtre a soif, quelque part sur la Terre. Je suis allé dans un bar, certainement. Enfin, je ne sais plus. Voilà.

Sur le répondeur, le deuxième message était de Matthieu. Il ne pouvait pas s'attarder, disait-il, parce qu'il avait, je cite, un cadavre sur les bras. Un règlement de comptes entre proxénètes africains, à Saint-Ouen, vers les entrepôts. J'ai tressailli. Le couteau à pamplemousse a troué la deuxième Supersteak F1. S'ils pouvaient tous s'entre-tuer ! a-t-il ri. Il me donnait les coordonnées du château, à une trentaine de kilomètres de Paris, Monsieur et Madame de ***, etc. C'était une soirée costumée IIIe Reich. Sur place, on me fournirait un uniforme. Il y aurait une ambiance d'enfer ! Je ferais la connaissance de sa petite sœur, Erika. À ce propos, il me demandait si ça ne me dérangeait pas de la prendre en voiture : toute la famille serait déjà là-bas et Erika avait un cours de… – il a hésité et rigolé –, de guitare électrique dans mon quartier. Elle m'attendrait en bas de chez moi. Et puis, comme ça, elle me montrerait le chemin. Il a conclu bizarrement : « C'est une adolescente superbandante… »

Dans le troisième message, le Corse me prévenait que, finalement, le tractage-boîtage-parebrisage était annulé à cause de l'ambiance dans le quartier. Il y avait eu des enlèvements. On accusait des militants qui, pourtant, n'y étaient pour rien. Une bande d'extrémistes foutait le bordel. Une enquête interne était en cours. Il me demandait de le rappeler si, par hasard, j'avais des informations sur le sujet. Salutations patriotes…

J'ai fait préchauffer le four, tandis que la voix d'Hélène, à nouveau, se débattait sur le ruban tue-mouches. Au loin, j'ai entendu – mais la moitié des mots était mangée : « Jean… Je ne t'embêterai… Non… Plus du tout… Jean… Comprends-tu… Jean…

Le repos… J'ai besoin… Le repos… Jean… Ô Jean… Mon am… »

J'ai haussé les épaules. J'ai pensé qu'aucune personne n'était assez forte pour moi.

Le dernier message m'a surpris. D'habitude, Beverly m'appelait sur mon portable. Elle disait que c'était urgent, important. Pas une mauvaise nouvelle, non ! Superimportant ! Elle avait essayé de me joindre à plusieurs reprises mais je ne décrochais jamais ! J'étais sûrement en cours ! Vite ! Vite ! Vite ! Elle avait hâte de m'annoncer. Elle n'était pas sûre, avant. Mais là, maintenant, pas de doute ! Il y avait de la lumière dans sa voix. J'ai redouté le pire. J'ai pensé : « Merde ! Merde ! Merde ! »

— Merde ! Merde ! Merde ! ai-je redit dans la cuisine, en enfournant les Supersteak. Et, j'ignore pourquoi, j'ai ajouté des gouttelettes de bourbon sur la farce, comme ça, une lubie. Ensuite, j'ai bu au goulot une très longue tétée. La tétée m'a rapidement projeté dans une torpeur bienveillante. Les tomates se sont mises à sentir joliment. Je me suis cru dans une immense Supersteak F1. J'ai dû m'assoupir, certainement…

XIV

Mon père-tortue avait l'air soucieux. Il marchait encore plus lentement que d'ordinaire. Il avait maigri. Il n'était pas rasé. Des résidus de feuillages tachaient ses poils blancs. La trappe, dans sa carapace, était ouverte, mais il n'y avait rien dans la cavité. Peut-être les corbeaux lui avaient-ils mangé son livre, ai-je pensé. C'est tout juste s'il m'a reconnu, en bas, près du château d'eau. Il s'est assis sur un remblai, dans l'odeur macérée du vieil automne. Il a souri tristement :

— Quand même, mon fils, c'était mieux sur la Terre...

Visiblement, il n'était pas au courant de ce que j'y accomplissais, moi, sur cette foutue Terre.

— Ta mère me manque, a-t-il repris. Elle tarde à me rejoindre... N'avais-tu pas annoncé que tu allais me l'expédier ?

— Elle est peut-être en enfer ! ai-je rigolé. Tu descendras l'y chercher ! Ça te fera de l'exercice, hein ?! Ou alors elle s'est perdue en chemin..., ai-je ajouté.

— Oui, a-t-il espéré, elle n'a jamais eu le sens de l'orientation !

— Voilà ! j'ai dit.

— Tu sais, nous ne nous sommes jamais quittés !

— Je sais.

— Soixante années ensemble… Presque une vie… Tu te rends compte ?

— Oui.

— Ça a passé si vite…

— « Comme un nuage, comme un navire, comme une ombre », ai-je récité.

— Scandaleusement vite…, a-t-il hoqueté.

J'ai détourné la conversation :

— Où est ton livre ?

— Je l'ai échangé.

— Tu t'es fait avoir, sans doute !

Il a retrouvé une allure juvénile, pétillante :

— Ah non ! Attends… Aide-moi…

Il a montré l'intérieur de la cavité :

— Tout au fond, tout au fond ! Presse-toi !

— Oui, je vois ! Un livre de poche…

— Donne !

C'était épais, sali, humide. Un livre abandonné sous la pluie, certainement. En tout cas, sur un plan strictement marchand, il s'était fait berner comme dans une cour d'école. Ça devait être un coup des corbeaux. Le Homère, broché de surcroît, était en meilleur état. En plus, l'édition bilingue, ça valait un bon prix. Mais il avait l'air réjoui. Et puis, visiblement, il y avait des trafics, ici. Alors, comme c'était un type juste et sage, capable, quand même, d'associer à la persuasion verbale ses deux poings d'honnête homme, il se débrouillerait bien pour récupérer d'autres bouquins.

— Le passage des rognons ! a-t-il jubilé. Le petit matin ! Bloom achetant les rognons, puis les faisant cuire ! Ah, mon fils...

Personnellement, je n'étais jamais allé jusqu'au bout. Ma paresse, ma paresse, si vous voulez... Mais le passage des rognons, ça, je m'en souvenais, parce que c'était au début.

— Ça donne faim ! j'ai dit. Voilà, la littérature, ça doit donner faim. Sinon, c'est de la merde !

— C'est plus compliqué, mon fils..., a-t-il tempéré.

Avant qu'il monte – là-haut, au ciel, je ne sais où –, c'est vrai, je l'avais toujours vu lire, dans le petit salon embourgeoisé, des machins difficiles, des trucs de mille pages et plus. Et, pouvais-je constater, il y avait une délicieuse disproportion entre ces livres énormes et la taille de l'appartement. Lui, il adorait tout ce qui était invention verbale et quand ça parlait de la société. Moi, les inventions verbales, je n'y comprenais rien. Et puis, surtout, la société, ça m'ennuyait. Pour s'y intéresser, il faut vraiment croire en la vie. Or, je ne croyais ni à la littérature, ni à la société, ni à la vie tout court. Mais bon, nous étions au paradis, n'est-ce pas, et je voulais lui faire plaisir.

J'ai posé le livre devant lui et la tête ridée s'est mise à bringuebaler gauche-droite/droite-gauche le long des lignes, comme le chariot hoquetant d'une vieille machine à écrire :

Monsieur Leopold Bloom se régalait des entrailles des animaux et des volatiles. Il aimait une épaisse soupe d'abats, les gésiers au goût de noisette, un cœur farci rôti, des tranches de foie panées frites, des laitances de morue frites. Plus que tout il aimait les rognons de mouton grillés qui lui laissaient sur le palais la saveur légèrement acidulée d'un délicat goût d'urine.

— Attrape-moi un feuillage, mon fils ! J'ai une petite faim !

J'ai coupé des fougères sur un côté de la route, mais j'ignorais si les tortues en mangeaient. Je lui ai présenté la brassée :

— Tu ne préférerais pas un corbeau rôti ? j'ai dit en lorgnant vers le ciel. Des gésiers de corbeau au délicat goût d'encre et de noisette, hum ? Ou des tomates farcies…

— Hélas… Je suis devenu essentiellement herbivore ! Et puis comment veux-tu faire cuire des trucs, ici ? Je peux juste rêver, penché sur un livre…

À nouveau, le chariot de sa tête a bringuebalé le long des lignes, il a mâché phrases et fougères ensemble, ce qui donnait à peu près ceci :

> En introduichant à petits coups une dent de fourchette chous le rognon il le décolla et le retourna chens dechus dechous : une tortue chur le dos.

— Tous les menus gestes du quotidien, voilà ce qui fait la force de la vraie littérature, mon fils ! Et quelle image ! Le rognon retourné sur la poêle comme une tortue sur le dos ! Ah…

Il a frissonné, jeté un œil vers le ciel. Peut-être craignait-il un aigle errant ou un vautour-xopilote, lequel attendait patiemment qu'il se retournât sur la poêle pour lui dévorer le foie, hein ? Pauvre père ! Ses mâchoires sont devenues très lentes, puis immobiles. Le chariot de la tête s'est arrêté tel un vieux train de campagne. Visiblement, l'appétit avait disparu. Il s'est réassombri :

— Elle avait une recette formidable pour le haddock fumé…

— Ah ! le haddock…, ai-je soupiré.

Ma mère, en effet, nous forçait à manger du poisson à cause des protéines, du phosphore, des vitamines B, des acides gras oméga-3, tout le bazar. Enfin, à mon époque, la science NUTRITIONNISTE n'en était pas encore là, hein ? Quoi qu'il en soit, c'était dégueulasse. Je recrachais le haddock dans l'assiette. Mais je n'ai pas voulu discuter ces détails. (J'ai consacré trente années de ma vie à foutre en l'air, à grands coups de tabac et d'alcool, le CAPITAL-SANTÉ dont elle a prétendu nous doter. Cependant, dois-je avouer, je lui sais gré de m'avoir construit un squelette et des organes résistants, suffisamment résistants pour jouir longuement, avec de petits grognements de nouveau-né, de mon autodestruction.)

— Allons, allons ! ai-je dit. Elle ne va plus tarder ! As-tu besoin de quelque chose ?

Il n'a pas répondu. Assis sur le remblai, dans le brouillard orange et les fumées piquantes du vieil automne, il ne faisait plus attention à moi, je crois.

Puis il m'a demandé de l'aider à se lever. Je l'ai donc remis sur la route.

— La taverne du village, en bas, a-t-il montré. Je vais voir si elle y est…

Et il est parti comme un aveugle, sans plus se soucier de moi. La taverne était à moins d'un kilomètre mais il lui faudrait bien la journée pour l'atteindre, ai-je calculé en le regardant vaciller dans la pente.

— Me voilà désœuvré, ai-je soupiré. Que vais-je faire ici ?

À tout hasard, j'ai pris la direction du silo de maïs et de l'étang. L'air était frisquet, mes naseaux enfantins fumaient, des champs bruns et gras bordaient la route.

Au sommet de la pente, j'ai croisé un cygne noir. Il marchait vigoureusement. Peut-être se rendait-il à la taverne, lui aussi. Quoi qu'il en soit, c'était un oiseau imposant. Je me suis donc tenu sur mes gardes, même si j'avais l'intuition qu'il s'agissait d'une femelle. Parvenu à ma hauteur, il s'est arrêté et m'a dévisagé. Brusquement, il a traversé la route et s'est approché de moi, le bec en avant. A priori, ce n'était pas un bec menaçant, mais je l'ai saisi rapidement entre mes mains et l'ai maintenu fermé. Je n'avais jamais affronté une bête, le contact était doux et inquiétant. Nous nous sommes contemplés longuement, dans une position absurde, comme si – pardonnez-moi l'expression –, comme s'il eût pu être question d'amour entre nous. Une sorte de combat immobile, en somme. Car il ne se débattait pas, mais je sentais que, si je relâchais la pression autour du bec – un bec noir –, il pouvait m'arriver quelque chose. Son regard – humain, désolé et surmonté de cils – essayait pourtant de me rassurer. J'ai failli lui dire :

— Si je libère ton bec, comment puis-je être sûr que tu…

En même temps, observant son cou grumeleux et annelé, je sentais combien cette bête était proche du serpent et quel plaisir secret, inquiétant elle aurait pu m'apporter. Finalement, j'ai relâché la pression de mes mains. Le cygne s'est ébroué lentement et, telle une dodue trace d'encre ou de suie, a poursuivi son chemin, tandis qu'intérieurement je m'adressais mille reproches. Alors, j'ai pensé à la Nigériane, puis à Beverly, mais ça devait être bien plus compliqué.

Maintenant, je marchais sous les entrelacs métalliques du silo de maïs. Les fanes dessaisonnées gisaient sèchement sur le sol. J'en ai ramassé une, je l'ai fait craquer dans une paume. Le ciel était blanc, plat, telle une assiette vide. Au loin, des corbeaux picoraient. J'ai couru comme un gosse dans leur direction. Ils se sont envolés lourdement, sans hâte. Je me suis senti vraiment seul. C'est alors qu'une clochette a tinté, du côté de l'étang…

XV

À cause du tintement de clochette, je suis finalement allé au cimetière de Bagneux, dans l'une des divisions juives. (En effet, dans le rêve, le tintement émanait de ma femme.) Je ne me souvenais plus trop de l'emplacement. À tout hasard, j'ai branché Internet. J'avais du temps devant moi, la fête au château commençait à vingt et une heures.

Après mon café matinal, je me suis branlé devant des adolescentes convaincantes sur un site intéressant. Par « convaincantes », j'entends d'authentiques amatrices, des filles comme vous ou moi, si je puis dire, se filmant elles-mêmes ou filmées par leur petit copain. La dernière, celle qui a obtenu ma semence – une lycéenne du Nevada, je crois –, ressemblait à l'une de mes élèves. Elle se masturbait à la main, à l'ancienne, en quelque sorte, sans l'un de ces grotesques sex toys. La fourrure était ambrée, abondante. La serrure du sexe – rose-brun, couleur de foie de veau – glougloutait comme j'aime. La plainte était réaliste, mesurée, montante, non ostentatoire. (Je me suis souvenu d'Erika, la sœur de Matthieu. Il m'avait envoyé un SMS me confirmant qu'elle m'attendrait en bas de chez moi, à vingt heures ; nous irions au château ensemble, comme prévu.)

Puis, sur Google, j'ai tapé « Bagneux carré juif » ou « Bagneux section juive », je ne sais plus. Je suis tombé sur un long document, un long et patient document réalisé par un amoureux des cimetières, visiblement. Un taphophile, selon l'appellation savante. J'ai compris, sincèrement compris que j'aurais pu devenir taphophile, moi aussi, et m'intéresser à mes semblables comme à de petits chats bien rangés, lorsque enfin ils sont calmes, dépassionnés, à l'abandon.

Outre le mot « taphophile », j'ai appris beaucoup de choses. Bagneux est le troisième plus grand cimetière de l'agglomération parisienne. Il est le cimetière d'élection de la communauté israélite de Paris. Mais, nuançait le taphophile, les ashkénazes sont plus nombreux à Bagneux et les sépharades à Pantin. J'ai vraiment apprécié la prose élégante et méthodique de ce doux spécialiste et je ne résiste point au plaisir de le citer – qu'il sache qu'à l'heure où il lira ma confession je serai, moi aussi et pour le plus grand bien de mes contemporains, six pieds sous terre.

Son travail commençait par exposer les inconvénients du cimetière : une surface immense et décourageante, monotone, parfois boueuse, donnant sur un banal paysage de banlieue. De plus, les célébrités qui y reposaient n'étaient pas de première importance. Mais, précisait l'élégant taphophile, l'arrivée de Barbara, de Claude Piéplu ou encore de Claude Berri redoraient le blason de Bagneux. Ensuite, le document s'attachait aux attraits du lieu : une végétation abondante et variée, des allées fraîches en été, d'agréables chants d'oiseaux, des écureuils à foison ; et, en hiver, son calme, sa mélancolie, ses cent quinze divisions souvent désertes. Des divisions, insistait-on, d'une grande diversité : les vieilles et vénérables parcelles proches de l'entrée principale, les tombes militaires aux croix parfaitement alignées, les divisions déshéritées aux tombes usées et terreuses, etc. Mais les plus remarquables, indiquait le document, étaient les israélites, souvent composées d'imposants tombeaux collectifs recensant des centaines de noms. L'auteur se livrait enfin à une analyse sociologique du cimetière. Contrairement à ceux du Père-Lachaise, de Montparnasse ou de Passy, celui de Bagneux était essentiellement populaire. Ses monuments étaient plus humbles, ses célébrités mineures : écrivains tombés dans l'oubli, acteurs de second rang des années 1930, chanteuses de cabaret disparues des mémoires qu'un taphophile se faisait un plaisir – et sans doute un devoir – de remonter à la surface au gré d'infinies déambulations. On sentait chez lui de la compassion et même un message politique : selon lui, en somme, Bagneux était le cimetière des déshérités, des sans-grade, de tous ceux qui n'eurent ni fortune ni relations. Mais, Dieu merci, il y restait encore beaucoup à explorer…

Suivait la liste de ces célébrités mineures, agrémentée de photographies.

— Tous ces morts, ai-je songé.

Également, je me suis fait la réflexion que j'étais une sorte de taphophile actif, c'est-à-dire que je pouvais approvisionner les tombes là où le taphophile passif leur vouait un culte mélancolique et un travail de mormon. En somme, l'amoureux des cimetières et moi étions complémentaires. J'ai rigolé. Quand même, ça m'a donné le vertige.

— Toutes ces vies vécues..., ai-je songé.

Classées par divisions, les photographies défilaient devant mes yeux. J'ai énuméré des noms, des dates inégales, des fonctions variées : Henri Baruk, 1897-1999, neuropsychiatre sévère ; le riant Jean Temerson, 1898-1956, comédien populaire des années 1930 ; le docteur Isidore Simon, 1906-1985, historien de la médecine hébraïque ; Meletios Ier Karabinis, 1914-1993, métropolite orthodoxe de France ; André Leducq, 1904-1980, cycliste de l'entre-deux-guerres, champion du monde et champion de France ; Jules Laforgue, poète ; Jules Bonnot, anarchiste. Et ainsi de suite...

Puis, je me suis lassé, la tâche était immense, labyrinthique. Chaque nom, à la surface du cimetière – alors qu'en dessous toute chose était éteinte, les réseaux n'existaient plus, débranchés tels des fils de cuivre rongés et muets –, chaque nom, en surface, contenait un univers relié à des milliers d'autres. Il y avait ainsi des liens entre le juif-polonais-champion-du-monde-de-dames-des-années-1930 et le spécialiste de l'Iran ancien, le chansonnier de Belleville et le grand rabbin de France, la résistante au nez sévère, le botaniste de

Finlande, recenseur de trois mille lichens, l'étonnant ferrailleur juif, fournisseur de métal pour les nazis et pour la Résistance, Marcel Mauss, Marcel Dalio, une voyante extralucide, Alfred Jarry, des astronomes, l'inventeur du scoubidou, le guitariste d'Indochine, des chimistes, un clown, des peintres, des musiciens, un occultiste barbu, etc. TOUS BAGNEUTISÉS. Tous, en surface, se hélant, s'interpellant, composant une mosaïque vaporeuse et bigarrée. Une grande pelote de noms, c'était, le cimetière, on tirait par un bout et l'ensemble venait, comme par secousses, formant une encyclopédie vivante, l'arche bavarde, prodigieusement multiple de l'histoire du monde.

Et parmi tout ça, il y avait Judith, Judith l'Anonyme, ma femme. Mais je ne savais plus trop où elle gisait. Selon le document, les carrés juifs de Bagneux regroupaient des tombeaux collectifs où étaient enterrés les membres de « sociétés », religieuses ou athées, parfois politiques, certaines réunissant des sociétaires originaires d'un même village, principalement d'Europe de l'Est. Un grand nombre de ces tombeaux étaient évidemment symboliques en raison de la Shoah. Il y avait, par exemple, l'Association des marchands forains et petits commerçants juifs (80 noms inscrits), la Société mutuelle du Carreau du Temple (48 noms inscrits), les Amis de Varsovie-Ochota (303 noms inscrits), l'Union des amis de Łódź (255 noms inscrits), etc. Mais Judith n'entrait pas dans ce cadre. J'avais payé une concession, ce n'était pas très cher. Je me suis souvenu d'une tombe couverte de galets blancs telles des dragées amères. Il pleuvait, il pleuvait incroyablement, sévèrement, du haut du ciel, entre les arbres, sur des parapluies noirs, sur moi, à l'intérieur de moi, mon cœur était une pierre blanche inondée, engloutie. Le soir, après des formalités fantomatiques, j'avais refusé toute compagnie, allumé douze bougies – douze, parce qu'on les vendait à la douzaine, rien de plus –, je m'étais saoulé, tandis qu'à Bagneux, là-bas, sous la pluie acharnée comme un chasseur, le corps, le petit corps replet, désorienté, vêtu d'habits de marque, pourtant, vivait sa première nuit célibataire.

Mais bref… Je n'y étais pas retourné, je ne savais plus où c'était. Je trouverais bien sur place. J'ai hésité à prendre la voiture, à cause de la Nigériane toujours dans le coffre. Par paresse, j'ai choisi la voiture plutôt que le métro.

Parvenu à l'entrée grise, crénelée, miniature du cimetière, j'ai failli faire demi-tour. Il faisait un temps splendide, le rose et le vert des feuillages se croisaient, beaux et insignifiants, dans le ciel. Un gardien, un jeune orné d'une stupide queue-de-cheval, m'a vaguement informé. La concession de dix ans avait expiré, prétendait-il. J'ai protesté :

— Je suis certain d'avoir pris, à l'époque, une concession de trente ans ! Ça valait bien dans les mille euros…

Il a fait semblant de consulter des papiers, je crois. En vérité, sa voix était pâteuse, il avait dû boire. En même temps, il tenait un iPhone dans une main, des doigts tapotaient, indépendants, automatiques, sur le clavier. Je le dérangeais certainement dans un SMS ou dans un jeu. Je ne l'ai donc pas jugé compétent, j'ai tripoté le Glock sous mon aisselle.

— Vérifiez !

Sans lâcher son instrument, il a grogné :

— Regardez vous-même.

Apparemment, il y avait quelqu'un d'autre, désormais, dans les deux mètres carrés que j'avais loués pour Judith. D'une certaine manière, ça m'arrangeait. Mais je ne le lui ai pas dit. Des merles, au-dessus de nous, émettaient des trilles acidulés, entêtants, parfumés, ils cisaillaient l'espace tels des rasoirs printaniers et précis, poursuivant leur vie d'oiseau éclatante, laquelle n'avait aucun lien avec le drame en dessous.

— Écoutez, ai-je calmement tenté de le raisonner (en bas, près d'une cahute, sous des merles criant leurs anecdotes emplumées – et qu'on pouvait considérer comme joyeux, joyeux parce que absolument indifférents) –, écoutez, ai-je donc dit, la personne, ma femme, n'est-ce pas, m'a clairement contacté.

Les doigts, sur le clavier de l'iPhone, se sont immobilisés, voire crispés, un instant.

— Contacté par la tuyauterie du rêve ! ai-je précisé solennellement.

Il m'a regardé niaisement, il mâchait un chewing-gum. J'ai retripoté le Glock, c'était un bon lieu pour descendre un jeune con.

— Oui, ai-je insisté sous le fracas clair des merles, ma femme m'est apparue près d'un étang, ornée d'une minuscule clochette. Une clochette argentée. Elle m'a reproché de n'être pas venu la voir une seule fois en onze années... Vous savez, c'était une petite boule de lumière et la bonté même... Un optimisme indestructible... Indestructible...

— C'est là-bas..., a-t-il mollement indiqué. Chez les juifs...

— Votre remarque est franchement...

Mais j'ai renoncé à finir la phrase. J'ai haussé les épaules. Il s'est remis à tapoter sur le clavier de l'iPhone.

Je me suis engagé dans une allée interminable. Ça m'a rappelé quand j'allais au zoo avec mon père, autrefois. Sur une dalle noire j'ai vu des fleurs jaunes, des tournesols. Ça m'a paru joli, bien que bizarre, donc je les ai subtilisés. J'ai marché pendant dix minutes. Il n'y avait personne. Les tournesols simples, rugueux, dans mes bras, me faisaient un peu mal, presque comme des scies circulaires. Mais j'ai pensé que je pouvais, pour elle, éprouver une vague souffrance. Je suis parvenu à la division 66. J'ai erré entre les tombes, les inscriptions en hébreu. Heureusement, je possède une bonne mémoire visuelle. J'ai retrouvé l'emplacement grâce à un tombeau, lequel contenait quatre familles : Salomon/Salinger/Weizmann/Kaplan. Onze ans plus tôt, je m'étais fait la réflexion : serrés comme des sardines... Et puis j'avais vu le nom, Salinger, alors ça m'avait rappelé l'écrivain américain. Mais ç'avait été rapide, presque inconscient, machinal, sous le martèlement parapluistique, l'absurde et redondante punition de la pluie. Le tombeau des quatre familles, inchangé, baignait dans la lumière. À côté, au ras du sol, sottement écrasé, il y avait l'enclos de Judith. Je me suis approché.

Malheureusement, le jeune con avait raison. Une certaine Lucienne Strassburger (1933-2010) s'était emparée du lieu. Son portrait trônait dans un médaillon. Ça m'a mis en rage. L'endroit était désert, les merles continuaient de clamer férocement. J'ai sorti le Glock, je pouvais tirer sur le médaillon, personne n'entendrait. J'ai hésité. J'ai pensé que les balles, par ricochets, risquaient de me blesser, or j'avais besoin de quelques jours. J'ai rengainé le Glock. J'ai déposé les tournesols encombrants. Dans mes poches – je ne les avais pas vidées depuis le dernier cours –, j'ai trouvé des feutres. J'ai barré Strassburger (en accomplissant le geste, j'ai songé à Deauville : cette pilleuse de tombe, en effet, portait le nom de l'arrogante villa qu'un Rothschild, là-bas, se fit construire ; la colère de ma poigne a brisé le feutre, j'ai dû en prendre un autre). Puis, j'ai inscrit : Judith Valmore, née Goldberg/1958-2000. En traçant le triple « 0 », j'ai senti le vide de la mort au bout de mes doigts. Ensuite, je me suis recueilli longuement. Enfin, j'ai essayé. Tout bonnement, j'étais debout devant la tombe. J'ai pleuré vaguement, bien que ce ne soit pas mon genre. En bas, les tournesols me présentaient leurs pupilles sombres, on aurait dit des aréoles parmi des seins solaires. Peut-être était-elle devenue un tournesol, finalement, et elle me regardait. J'ai gloussé. À mon avis, d'elle, il ne restait vraiment rien. Plus rien qu'un cœur mal fichu – le mien –, constitué de falaises grises, taillées à la hache, auxquelles ses ongles n'auraient même pas pu s'agripper. En vérité, j'étais un glacier, voilà, et je m'en moquais. Pourtant, ç'avait été ma seule histoire d'amour, la plus durable, la moins irrespectueuse, sans doute. Mais ça n'avait pas comblé le gouffre écrasant, avide, insatisfait, imaginaire – imaginaire, si vous voulez –, qu'il y a en moi. Quand même, j'ai pleuré un peu, comme je l'ai dit. Mais je ne pleurais pas sur la bonne tombe, tout était faussé.

Les merles cisaillants ont refait leur apparition. J'ai eu envie de me tirer une balle dans la bouche sous la verte, l'odorante voûte. Les conditions climatiques, le lieu étaient excellents. Mais non… Pas encore… J'ai repris mon feutre. Sur la stèle, au-dessous du nom de Judith, j'ai marqué : Jean Valmore/1961-2011. C'était un beau compte, idéalement rond. Puis, je me suis dit que le temps de la plaisanterie, le temps de ma demi-mesure était terminé. Voilà.

Épilogue

Samedi soir

Autant vous le dire immédiatement, la fête au château a vraiment mal tourné. Et là, nous sommes samedi soir, au loin Erika, la sœur de Matthieu, regarde la télévision, j'écoute la *Badenweiler Marsch* (une musique formidablement entraînante de la Waffen-SS), la Nigériane finit de cuire dans l'incinérateur Schmidt (j'irai VÉRIFIÉ tout à l'heure – j'ai mal orthographié « vérifier », tels mes élèves, et ça m'amuse de ne pas rectifier), sur mon portable il y a sept ou huit messages de Beverly et un d'Hélène, mais je m'en fous, je suis dans le bureau-bibliothèque, par une fenêtre, au bout du parc, j'aperçois les derniers rayons rouges sur la mer, la mer éternelle, puérile de la Côte fleurie, je bois un calva-16-ans-d'âge, mes armes sont propres, à portée de main, je martèle mon clavier et je réfléchis, je réfléchis vraiment beaucoup.

Je vais vous expliquer, chers humains, n'ayez crainte, mais je devrai sûrement m'interrompre. M'interrompre régulièrement et, ensuite, une bonne fois pour toutes, hein ?

Hier soir, après le cimetière de Bagneux, je suis donc allé au château de ***. Comme prévu, la sœur de Matthieu m'attendait en bas de chez moi. Je l'ai reconnue grâce à l'étui de sa guitare électrique. Malgré cet instrument extraterrestre, son chewing-gum et son air blasé d'adolescente – ou peut-être pour ces raisons –, Erika m'a plu. En reniflant, elle m'a jeté un regard turquoise, un regard *Blue Lagoon* provocant et naïf. J'ai tressailli... Je me suis rappelé une élève que j'avais eue trois ou quatre ans plus tôt, une grande blonde/rousse enthousiaste, fragile, une Lauren Bacall de seize ans qui m'avait pris en affection. Elle me considérait comme un père, je crois. Le sien l'avait abandonnée et sa mère était morte, si j'ai bonne mémoire. Les grands-parents avaient récupéré le paquet : elle, plus trois ou quatre frères et sœurs. Là-bas, dans le 93, ils les élevaient tant bien que mal. En tout cas, ils leur inculquaient les principes fondamentaux, la politesse, le respect, la morale, etc. Sur le plan scolaire, ça partait en vrille, mais bon, moralement, oui, ça tenait encore et c'était plutôt réussi. Quand elle me croisait dans les couloirs du lycée, elle me sautait presque au cou. Surtout le lundi, elle me disait que je lui avais manqué. J'étais gêné. J'aurais dû lui avouer que c'était pareil pour moi, en fait. Mais je restais paternel, maladroit, distant. En vérité, elle me faisait très envie, oui, et, croyez-moi, c'était plus compliqué qu'une simple histoire de sexe. À l'époque où j'étais de ce monde, de votre monde, j'aurais dû la prendre en main, l'aider, et puis elle m'aurait plus ou moins sauvé, qui sait ? J'ignore ce qu'elle est devenue. J'espère qu'elle s'est maintenue dans le droit chemin, elle, voilà... Et donc, Erika lui ressemblait, au moins physiquement. Évidemment, socialement, ça n'avait rien à voir. Erika de ***, c'était une riche du 92. Rien que les fringues, déjà : négligées mais luxueuses. Les riches, quand même, on les reconnaît vite. Mais bon, à cet âge, certains sont encore récupérables.

— Vous êtes comme mon frère vous a décrit... Mais en plus jeune, a-t-elle jugé en reniflant.

Moi, je ne pouvais pas lui dire qu'elle était telle que Matthieu me l'avait annoncée : « Superbandante. » Superbandante et plus. Brusquement, j'ai eu soif.

— Il faut que j'aille boire un coup, j'ai dit, sans me gêner.

J'ai ajouté :

— Si Matthieu m'a réellement décrit, alors vous savez qu'il faut que j'aille boire un coup.

Elle a reniflé et m'a regardé poliment, sans plus. J'ai pensé qu'on pourrait ne pas aller au château, au fond – ç'aurait évité bien des désagréments, vous allez le voir –, et puis errer de bar en bar. Après quelques verres, elle aurait sûrement joué des trucs déjantés, électriques dans une petite officine de quartier, pieds nus sur une table ou mélancoliquement agenouillée sur un bout de banquette rouge. Quoi qu'il en soit, on a fait halte aux Prédateurs. Les serveurs ont repéré cette potentielle Lauren Bacall et j'ai eu orgueilleusement trente ans de moins, ou plutôt j'ai eu à la fois mes cinquante ans luxueux, habiles et paumés, et mes pauvres, idiots et espérants vingt ans, ce qui était encore meilleur, encore plus fou. J'ai essayé de me tenir, tout de même. J'ai posé des questions : pourquoi elle prenait des cours dans le quartier, où elle en était dans ses études, qu'est-ce qu'elle voulait faire PLUS TARD, etc. Les deux serveurs s'agitaient derrière le comptoir gothique, me lançaient des œillades. Elle m'a répondu, polie et ennuyée. Ennuyée, oui, mais en même temps ses yeux me sondaient au-dessus d'un cocktail orange incompréhensible : elle était en première littéraire, elle chantait dans un groupe de rock, c'était sa passion, et dans mon quartier, il y avait un tas de magasins spécialisés, de studios d'enregistrement, d'artistes, etc. J'ai demandé si c'était du rock identitaire, des trucs néonazis. Elle a haussé les épaules, nerveuse :

— Vous êtes un facho comme mon père et mon frère ! Moi non !

J'ai pensé : « Pour le moment, ma belle, pour le moment. Ensuite, avec l'âge, ta petite révolte disparaîtra… »

Mais j'ai répondu :

— Non, je ne suis pas exactement comme eux. Moi, je suis spécial… Je suis un écrivain-tueur ou un tueur-écrivain.

Les yeux *Blue Lagoon* ont vibré légèrement au-dessus du cocktail orange, on aurait dit un coucher de soleil à l'envers.

— Waoh ! Un tueur d'adolescentes, j'espère…

J'ai rigolé. Elle n'a pas cherché à en savoir davantage, Dieu merci.

— Au fait, a-t-elle reniflé, vous n'auriez pas un mouchoir ?

J'ai tendu un étui. Les yeux ont disparu un long moment – un long moment de cruauté, dois-je avouer. Et les deux serveurs, au loin, faisaient un écœurant bruit de jeunesse.

— Alors, votre lecture, c'est *Lolita* ? a lentement lancé le *Blue Lagoon* en revenant vers moi, me rendant la chose humide comme si j'étais sa bonne, sa baby-sitter, sa mère, que sais-je ? Mais je l'ai enfouie dans ma poche tel un joyau et j'ai souri.

Ensuite, nous sommes allés dans mon parking. Je me suis souvenu de la Nigériane dans le coffre – je n'avais toujours pas réglé le problème –, j'ai regardé la guitare, j'ai pensé : « Merde, merde, merde ! »

J'ai dit :

— J'imagine que c'est précieux votre… – j'ai hésité, mais c'est venu naturellement et définitivement – TON truc ! Il vaut mieux le mettre à l'arrière, sur la banquette.

Puis nous avons roulé dans la lumière de mai. Erika, silencieuse sur le siège passager, était absorbée par son iPhone, mais ça ne me dérangeait pas. L'habitacle était parfumé et le soir rose-doré ; la longue route à 110 km/h se déployait tel un dernier espoir. À un moment, elle a posé l'iPhone contre mon oreille, un geste vif, adolescent, et elle a dit :

— Écoutez ! Je voudrais être comme eux. C'est beau.

J'ai reconnu le machin, j'ai dit :

— C'est un truc de ma génération, ça ! Joy Division ! Un groupe d'Anglais qui s'est formé à la fin des années 1970, à Manchester…

J'étais assez fier de ma réponse, je fixais la route devant moi comme si C'EÛT ÉTÉ mon passé.

— C'est beau, tout simplement, elle a répété. Ça s'appelle *The Eternal.*

En vérité, c'était beau mais infiniment triste, une sorte de marche lasse et désespérée sur je ne sais quel chemin, et moi, pour une fois, je me sentais léger.

— Eh ! Ça pue la mort, ton truc ! j'ai dit.

— Tous les adolescents rêvent de la mort…, a-t-elle murmuré. Tous les adolescents rêvent de la mort, monsieur Valmore…

Elle a ri. Puis, elle a regardé l'heure sur l'iPhone :

— Oh bon sang, on est en retard !

On était en retard, oui, et Dieu merci, car ça m'a évité de finir comme les autres, en tout cas pour le moment. Enfin, je dis pour le moment, mais je ne vois pas pourquoi on viendrait m'arrêter. Je n'ai jamais été un membre très actif de leur groupuscule, notamment. De toute façon, ça m'est égal. J'ai juste besoin d'un ou deux jours, encore. Après, on fera ce qu'on voudra, je ne serai plus là.

Je vous ai prévenus : il y aura des interruptions.

Erika vient d'apparaître dans le bureau-bibliothèque, elle me demande :

— Elle est où, la bouffe ?

Erika, Erika de *** est quand même une adolescente de seize ans, ne l'oubliez pas, alors, ça entre sans frapper, ça s'installe, en plus elle a les mauvaises habitudes d'une ultrariche gavée d'insouciance. J'avale du calva-16-ans-d'âge, je dis :

— Où veux-tu qu'elle soit ? Au frigo, bon sang !

Elle ne répond pas, elle quitte la bibliothèque, en slip et en T-shirt, un des vieux T-shirts de Judith – ça me fait bizarre.

— Tu n'as pas froid ? je demande.

Elle se retourne, elle me jette son regard d'adolescente-absolument-certaine-de-l'attraction-qu'elle-exerce-sur-moi. Je lui ai confisqué son iPhone, elle m'en veut, mais c'est une gamine intelligente, elle connaît les causes. Et derrière la moue indifférente je sais qu'elle est complètement perdue, en fait, et que, tout à l'heure, il y a des chances, nous aurons besoin l'un de l'autre comme deux pauvres animaux.

— Vous pouvez pas arrêter cette musique de fous ? elle dit en toussant. Et elle regarde les armes noires, par terre, à droite.

— Je réfléchis ! lui dis-je.

Et j'avale l'alcool de pomme doré et glissant comme une dernière, ancienne bienfaisance.

— Tu en veux ? j'ajoute, les yeux dans sa culotte blanche.

Elle revient vers moi et boit d'un coup le calva-16-ans-d'âge, juste par provocation. Puis, elle retourne vers la télévision. Je regarde à nouveau le slip blanc innocent, les jambes appelantes.

J'entends s'ouvrir, au loin, la porte du frigo.

— Eh ! Tu m'en laisses ! je crie.

Dans le cendrier, il y a bien trop de mégots. Et les armes noires et enchevêtrées, inéluctables, en bas, forment un tas de surpuissance.

Comment donc en sommes-nous arrivés là ? Moi, plus une Nigériane dans l'incinérateur Schmidt, plus une quasi-inconnue de seize ans sous mon toit ? Eh bien, d'abord, nous roulions dans une forêt crépusculaire, Erika me guidait… Au loin, soudain, j'ai aperçu des gyrophares, puis des cars. Je ne pouvais plus faire demi-tour. J'ai pensé : « Allez, hop, au point où on en est, on verra bien ! » Erika a crié : « Putain, c'est l'entrée du château ! » Je lui ai dit de se taire. Dieu merci, les deux gardes mobiles qui m'ont stoppé ne m'ont pas demandé d'ouvrir le coffre. Je me rappelais le nom du village qu'on avait traversé juste avant la forêt, j'ai dit que je le cherchais depuis vingt minutes, que mon GPS me faisait tourner en rond, c'était crédible. Ils ont déplié une carte et m'ont indiqué la direction. Pendant ce temps-là, j'ai jeté un œil sur un petit chemin latéral, j'ai vu un panneau rouge : CHÂTEAU DE *** – DÉFENSE D'ENTRER. Et dans la voie boisée allaient/venaient des intervenants du GIGN et des chiens – Dieu merci, à bonne distance de la Nigériane. J'ai compris, j'ai pensé : « Merde ! Merde ! Merde ! » Il y avait déjà trois types en blouson menottés près d'un fourgon, ils étaient massifs, l'un d'eux avait un peu la tête de Fedor Emelianenko, le lutteur ukrainien.

J'ai salué les gardes mobiles et suis remonté dans ma NIGÉRIANE. (Oui, j'ai jugé que ce serait un nom super pour une voiture. J'ai gloussé.) Erika, évidemment, était complètement hystérique : « Oh putain ! Oh putain ! a-t-elle répété. Il faut revenir ! » J'ai dit qu'on ne pouvait pas, que c'était risqué. C'ÉTAIT RISQUÉ POUR MOI, ai-je précisé. On a roulé en silence pendant deux kilomètres, environ, toujours dans la forêt. Soudain, à la pointe de mes phares, un type a surgi au milieu de la route. J'ai freiné. Je suis sorti, la main sur mon Glock. Je ne l'ai pas reconnu immédiatement, il portait un uniforme noir de SS, à moitié déchiré. Il a poussé un cri : « Oh putain ! Jean ! Jean ! » Il m'a serré dans ses bras sombres, ça sentait la sueur, la naphtaline. Alors, j'ai identifié Marin. Bizarrement, ça m'a fait plaisir. Et voilà, ensuite, drôle de vie, j'ai conduit un habitacle contenant un officier SS, une noble rockeuse de seize ans, une Nigériane ligotée et un fou armé – et le fou, c'était moi.

Erika est sur le seuil du bureau-bibliothèque, à nouveau. J'observe ses cent soixante-dix centimètres dans les croisillons rouges et obliques de la dernière lumière. On dirait un vitrail. J'ai toujours aimé les grandes filles. Je lève la tête :

— Oui ?

— Vous avez des DVD ? Y a rien à la télé, je m'ennuie…

Je me crois dans un mauvais film – ou bien est-il excellent, inespéré, ultime ? –, un film où une Lolita entre dans un bureau-bibliothèque toutes les cinq minutes, en T-shirt, en slip-blanc-innocence.

— Non. Je viens juste d'emménager dans la villa… Je te laisserai l'ordinateur, tout à l'heure.

Elle s'assoit en biais sur le fauteuil bleu, le fauteuil de ma mère que j'ai récupéré à la maison de retraite. Elle attrape son pied droit, tripote un ongle rouge.

— Quand est-ce que je rentre ?

— J'y réfléchis. J'y réfléchis !

J'avale une grande dose pour oublier, pour oublier le pied droit.

— Je vais appeler ma cousine. Ma tante est à Paris.

— Non, pas ton téléphone, Erika (je crois que c'est la première fois que je lui dis son nom). On va nous repérer…

Elle désigne la bouteille :

— J'en veux encore.

Elle boit rapidement.

— Vous pouvez pas BAISER – elle se corrige –, BAISSER la musique ? !

Il s'agit d'un chant profondément joyeux de la Wehrmacht, *Es ist schön Soldat zu sein, Rosemarie* ! Un truc avec des cuivres, des timbales et des *Valleri, Valleralle ralle ra !* incompréhensibles, qui me rappelle la musique des cirques de mon enfance.

— Tu as été élevée là-dedans, non ?

Elle hausse les épaules :

— Ils m'ont même baptisée Erika à cause de l'*Erika Marsch*…

J'ai envie de l'envelopper dans le drapeau, elle doit avoir froid.

— Putain, je me fais chier !

— Je te ramènerai à Paris, demain, chez ta tante.

Mais j'ai l'impression que ma voix erre dans le bureau-bibliothèque, ne croit plus en celui qui la profère – premier départ de l'âme.

Je me moque :

— MADAME LA COMTESSE DE *** !

J'ajoute :

— Je n'ai pas envie de m'encombrer d'une gamine de seize ans, merde !

— Connard !

Elle quitte le fauteuil bleu, le slip-blanc-innocence m'arrache des larmes, *Valleri, Valleralle ralle ra !* Je regarde mes armes, en bas, à droite. Et voilà, en ce samedi soir, ce dernier samedi de mon séjour sur la Terre, nous en sommes là, et ça n'a vraiment aucune importance, croyez-moi.

Je crie :

— Je vais à la cave ! Je reviens !

Je précise :

— Chercher une bonne bouteille !

Je ne suis pas sûr qu'elle m'entende.

En bas, il y a une drôle d'odeur. J'ouvre le compartiment parfait, technologique. Je remue les braises, tout n'a pas été détruit. Ça me rappelle ma mère, laquelle, l'hiver, dans les années 1960, avant l'acquisition du chauffage central, chaque matin, triturait bruyamment un vieux poêle, ça me réveillait, c'était l'heure de l'école. Je rigole, attendri. J'essaie d'écraser les restes de la Nigériane à l'aide d'une espèce de tisonnier moderne et plat, de la marque Schmidt, livré avec l'incinérateur. Quand même, bon sang, ça fait deux heures qu'elle cuit ! Et il y a encore des bouts d'os ! « Merde ! Merde ! Merde ! » je me dis. (Je tiens à préciser que je ne me sens pas complètement responsable du décès de cette fille. Juste un peu de négligence de ma part, si vous voulez. Elle est restée trop longtemps dans mon coffre, alors elle est morte, voilà. On peut juste me reprocher, éventuellement, de ne pas l'avoir alimentée. En tout cas, ce n'est pas une lourde perte. Mais bon, il fallait bien la faire disparaître.) Je remonte, espérant que le slip-blanc-innocence n'a pas froid, ne s'ennuie pas trop devant *Le Plus Grand Cabaret du monde* sur France 2, ou *NCIS* sur M6, ou *Les Simpson* sur W9, ou le *Zap* sur DirectStar, et ainsi de suite. Et je pense à tous les couples modernes installés devant leur écran, un peu partout dans le MONDE MERVEILLEUX – Amérique-Chutante, Chine-Arrogante, Japon-Déclinant, Inde-Montante, Europe-Descendante, etc. –, installés, oui, devant les petits, moyens, grands, gigantesques écrans PLASMA achetés à crédit, riant stupidement, ou bâillant, ou espérant LA FAMEUSE BAISE DU SAMEDI SOIR, ou le sommeil, surtout le sommeil, *Valleri, Valleralle ralle ra* ! Je remonte de la cave, assez hilare – bien que contrarié par la lente combustion de la Nigériane. Et je VOUS poursuis mes éclaircissements.

Dans la voiture, Marin m'a donc expliqué :

— On nous a dénoncés, c'est sûr ! Ils ont embarqué tout le monde. C'était triste de voir Matthieu menotté, Matthieu et… – il s'est retourné vers Erika, à moitié sonnée sur la banquette arrière – ton pauvre père ! Oui, a-t-il précisé pour moi, sa mère est morte en mars…

Nous roulions, la nuit tombait plus fort, je me demandais ce que je fichais là. Il a poursuivi : lui, donc, il était dans le parc et il a vu au loin les gardes mobiles, alors il a réussi à fuir dans les bois. Deux kilomètres de course ! Pendant qu'on arrêtait les autres ! Il a répété :

— On a été dénoncés ! C'est elle !

J'ai demandé de qui il parlait.

— La Présidente ! Je vais la buter ! La buter ! Et il a frappé le tableau de bord. Paf, paf, paf !

Ça m'a paru crédible.

— Tu vas voir, a-t-il grogné, il y aura une déclaration comme quoi elle se réjouit de l'arrestation d'un groupe d'extrémistes ! Comme quoi des barbares d'un autre temps n'ont rien de commun avec son parti ! Comme quoi elle condamne fermement l'enlèvement de compatriotes musulmans et de leurs familles innocentes ! Etc. ! Alors que nous, on était en train de les interroger, de faire le sale boulot dans les caves, et ça donnait des résultats, crois-moi !

Alors, je lui ai demandé – et j'aurais mieux fait de me taire :

— Et ils sont où, MAINTENANT, les fondamentalistes ?

— On est sûrement en train de fouiller le château. Mais on n'est pas près de les trouver !

Il a hésité, puis l'uniforme noir, déchiré s'est tourné vers moi :

— On peut pas en rester là. On va aller finir le travail. MAINTENANT !

— T'es dingue !

Erika a gémi à l'arrière.

— Au moins, on va éliminer cette vermine ! Arrête-toi. Je vais t'indiquer le chemin.

— Mais t'es malade !

Je me suis rangé sur le bas-côté.

— Sans moi, j'ai dit.

— Écoute, c'est un petit camp dans la forêt, à plus de trois kilomètres du château. Il n'y a aucun risque.

— Je veux partir ! a dit Erika. Je n'ai rien à voir avec vous : vous êtes des brutes fascistes !

L'uniforme noir-déchiré-emphatique s'est déployé vers la banquette arrière :

— On doit faire ça en l'honneur de ton père, de ton frère, de tous nos camarades !

— J'en ai rien à foutre de l'honneur et de tous ces cons ! Et c'est pas ça qui va arranger les choses !

— Elle a raison. Tu vas les... les desservir. Et toi, tu vas être encore plus dans la merde. Pense à ta faille... à ta fille ! ai-je corrigé.

Mais ma voix, je l'entendais clamer au loin et je la trouvais ridicule.

— Écoute, Jean, je veux juste que tu me conduises là-bas. Je ferai ça tout seul. Paf, paf, paf !

J'ai regardé Erika dans le rétroviseur. Mais elle semblait somnoler, maintenant. J'ai rallumé le moteur. Après tout, j'avais une Nigériane dans mon coffre, alors, au point où on était, hein ? On a roulé quelques minutes, puis, sur les indications, j'ai engagé le véhicule dans un sentier obscur. Ensuite, Marin a pris le temps de préparer un joint. Erika s'est redressée lentement sur la banquette arrière. Ça ne m'a pas étonné. On a fumé dans l'habitacle.

— Erika, tu restes là. Toi, Jean, tu m'accompagnes un peu. Au moins, tu feras le guet…

J'ai accepté. Le joint commençait à installer des vertiges délicieux. Ça m'a rappelé autrefois. Vers l'âge de vingt ans – à l'époque de ma sociabilité –, j'appartenais à une bande d'étudiants joyeux. Nous allions dans une maison de campagne. Il y avait des tonneaux remplis de pommes rouges, notamment. Je l'ai suivi sur le sentier. Il faisait vraiment nuit mais Marin avait une lampe-torche, de frais branchages apparaissaient/disparaissaient dans des ronds jaunes hoquetants.

— Tu as un endroit où on peut se cacher, après ? a-t-il demandé.

J'ai réfléchi, j'ai dit :

— Il y a ma villa sur la Côte fleurie…

— Parfait !

Nous sommes restés silencieux un instant, puis j'ai entendu :

— Au fait, Jean, pourquoi tu as inventé cette histoire de grand-oncle fasciste ?

J'ai sursauté dans l'obscurité :

— Comment tu sais ?

— Matthieu a fait des recherches… Par curiosité… a-t-il dit, ouvrant un chemin dans les ronces noires giflantes.

— Oh ! ai-je calculé, c'était juste une histoire pour me rendre intéressant… J'ai découvert ça quand j'étais gosse. Plus exactement, c'est mon père qui m'en parlait. Ça l'amusait, cette homo… – j'ai buté sur les syllabes –, cette homonymie. En vérité, je crois qu'il était fasciné par le destin de Georges Valmore. Peut-être qu'il aurait bien voulu lui ressembler, en fait… ai-je conclu songeusement.

— Oui, a poursuivi Marin, mais tu sais que ça nous a inquiétés ? On s'est demandé si tu étais un infiltré dans notre groupe…

— Tu rigoles !

— Mets-toi à notre place, Jean. *Jean-l'Apocalypse*, comme t'appelle Matthieu…

Je l'ai jugé bizarrement subtil, pour une fois. C'était peut-être le cannabis. J'ai dit :

— Bientôt, tu vas croire que c'est moi qui vous ai dénoncés !

Devant, dans l'odeur noire, terreuse, prétombale, il a lancé :

— Tu n'as jamais été un type très net, quand même, Jean, hein ? Je ne veux pas faire ton procès – j'ai sursauté encore : décidément où puisait-il cette nouvelle finesse et pourquoi avions-nous cette conversation incongrue ? –, mais tu n'as pas de convictions. Tu es un homme étrange.

Et l'uniforme noir, gigantesque, piteux s'est tourné vers moi, la torche m'a aveuglé :

— De quel côté es-tu, en fait ?

J'ai essayé de répondre mais la lumière s'est à nouveau dirigée vers l'avant et il a grogné :

— On éclaircira ça plus tard. En attendant, on va buter cette vermine !

— Ce n'est pas très prudent..., j'ai dit.

— Plus rien à perdre ! C'est ce qui allait se passer, de toute façon. Ces saloperies sont en train d'envahir le monde !

— Ils sont combien ? j'ai demandé.

— Treize. Plus sept enfants.

— Oh, putain...

— T'inquiète, il y a un arsenal, à côté, et j'ai les clés ! Tiens, écoute ça ! a-t-il ajouté en me tendant un écouteur de son iPhone. Un truc stimulant de la Wehrmacht !

J'ai entendu ce fameux machin, *Es ist schön Soldat zu sein, Rosemarie*, avec les incompréhensibles, entraînants *Valleri, Valleralle ralle ra !* Il y avait beaucoup de joie, j'ai battu la mesure.

— Tu sais, j'ai crié, j'ai un élève qui veut massacrer tout le monde dans mon lycée !

J'ai gloussé. Et alors, croyez-moi, je ne sais pas pourquoi, c'est venu comme ça, j'ai sorti mon Glock et je lui ai tiré dessus, deux balles dans le dos. Puis, accroupi, récupérant les clés dans l'uniforme rougi et déchiré, j'ai quand même eu ces phrases :

— Tu as raison, mon pauvre Marin, je n'ai pas de convictions. Je suis un individualiste INDÉCROTTABLE. Ça doit être ça. Les massacres collectifs, historiques, toutes ces conneries organisées, ça ne m'attire pas. Je ne comprends – j'ai regloussé – que LES MEURTRES EN SOLITAIRE !

Voilà, c'est ce que je me suis prononcé et ça m'a paru réellement en conformité avec moi-même. Et ça, c'était très important. J'ai remonté la sente obscure, surplombé d'un début de soulagement. J'ai aperçu la petite lumière de la voiture. Je me suis approché de la vitre arrière. Erika, délicieusement recroquevillée sur la banquette, comme dans une boule-de-neige-souvenir, dormait. Elle n'avait sûrement pas entendu le coup de feu. J'ai hésité entre la violer ou revenir sur mes pas. Mes amis, je ne vous dirai POINT que j'ai tiré à pile ou face, mais c'était presque ça. De toute façon, les deux choses me paraissaient extrêmement liées. En définitive, j'ai mis les écouteurs rouges poisseux de Marin dans mes oreilles – les allègres, extraordinaires *Valleri, Valleralle ralle ra* ! –, et, à nouveau, je me suis enfoncé dans le sentier, un peu comme un plongeur de documentaire qui bascule en arrière en se pinçant le nez...

La revoici, paniquée :

— On parle de nous sur BFM !

Je sursaute :

— Déjà ? !

Mais le temps que je parvienne au salon, la présentatrice est passée à un autre sujet – encore l'affaire DSK. Je vois juste scintiller des lettres blanches, en bas de l'écran :

URGENT : ARRESTATION D'UN GROUPE D'EXTRÊME DROITE RADICAL.

Et aussi :

21 CORPS RETROUVÉS DANS UNE FORÊT, DONT 7 ENFANTS.

Machinalement, je dis :

— Ils étaient enfermés dans un baraquement, au milieu d'une clairière…

J'ajoute :

— Ce con de Marin nous a vraiment fichus dans la merde ! Et en plus, il y est resté !

— Putain, je n'ai rien à voir avec ça ! Tuer des gosses ! C'est monstrueux ! Je veux rentrer à Paris ! Maintenant !

Au loin, dans le bureau-bibliothèque, retentissent *Es ist schön Soldat zu sein, Rosemarie*… les grosses caisses, les timbales, les cuivres, le chœur viril et formidablement joyeux.

— Écoute, je t'ai promis-juré de te ramener à Paris, demain. D'ailleurs, j'ai un rendez-vous…

Mais ma voix me fuit et le « promis-juré » monte vers LES plafonds, se cogne contre une ampoule nue, on dirait une FÉE CLOCHETTE affolée. Retournant dans le bureau-bibliothèque, j'esquisse un pas de danse enthousiaste, irresponsable, une sorte de déhanché.

Je vous explique la suite des événements… Donc, j'ai rejoint le sentier, laissant Erika sur la banquette arrière. J'ai enjambé le corps de Marin. Il n'était pas complètement mort, ça grésillait-gémissait dans l'obscurité terreuse. Au passage, je lui ai adressé un petit salut que je qualifierai de néonazi. J'ai gloussé. Au bout de cinq cents mètres, brusquement, il y a eu une clairière et j'ai vite buté sur une clôture de barbelés haute comme deux hommes. J'ai essayé les clés de Marin, l'une d'elles a ouvert un portail métallique. Je suis entré dans le camp. Au loin, j'ai distingué un baraquement assez long, les volets en étaient barricadés de l'extérieur. Mais je ne voyais que ce que la lampe pouvait saisir dans son faisceau. J'ai cherché l'arsenal dont Marin avait parlé. Je l'ai trouvé à quelques mètres du block, c'était une sorte d'appentis en pierre, il fallait se courber pour y entrer. J'ai sifflé d'admiration, j'ai regretté qu'Oumar ne soit pas à mes côtés. Il y avait là tout ce qu'un homme peut désirer : des fusils d'assaut, des pistolets, des grenades, des munitions, des matraques, etc. J'ai pris ce qui me tombait sous la main comme un gosse dans une pâtisserie – dont un Glock, semblable au mien, mais muni d'un silencieux. J'ai également repéré une petite bonbonne. Ça devait être de l'essence. Ce n'était pas très lourd, je l'ai embarquée à tout hasard. Le baraquement était équipé d'une échelle en bois qui menait au toit. J'ai gravi vivement les barreaux grâce à l'exaltation du cannabis. Là-haut, j'ai déposé la bonbonne et les fusils d'assaut. Puis, j'ai regardé par une petite trappe (au total, j'en ai compté deux). Je me suis demandé comment aurait procédé Marin, cet idiot. Par la trappe, le faisceau de la torche, caresse jaune, blanche, s'est posé sur deux rangées de lits superposés de style Ikea. Visiblement, c'était le compartiment femmes/enfants du block. Ça sentait la soupe, le sommeil et le shampoing bon marché. Le dernier étage du châlit se trouvait à un mètre sous moi, heureusement un peu en biais. J'allais refermer la trappe – pour des raisons de sécurité personnelle, je voulais commencer par les hommes, certainement logés dans l'autre moitié du gîte –, mais une tête couleur de caramel m'a regardé – un individu dans les sept-huit ans, allongé auprès d'une lourde femme ronflante. Le caramel écarquillait les yeux à cause du faisceau blanc-jaune. J'ai dit : « Chut... » J'ai dirigé le faisceau vers mon visage pour qu'il constate ma bonne volonté. J'ai redit : « Chut... » En chuchotant, j'ai ajouté : « Police... Libérer... » J'ai souri amplement. J'aurais pu allonger le bras et le toucher. Il a essayé d'ouvrir la bouche, alors j'ai montré le Glock-Silencé, j'ai répété : « Police... Police... Chut... » J'ai tiré deux fois. Le bruit était à peine différent de celui des pistolets à amorce de mon enfance, ça ressemblait aussi au petit claquement sec d'une paire de ciseaux chez le coiffeur, à des cisailles sporadiques dans un jardin tranquille. Le caramel a explosé, s'est répandu, m'a taché. La lourde femme a grogné vaguement, s'est retournée dans le sommeil. Toujours pour des raisons de sécurité personnelle, je l'ai abattue aussi. Ça m'a rappelé le jeu des sept familles. J'ai fredonné : « Dans la famille Caramel, je demande maintenant le père… » J'ai refermé la trappe et me suis épongé au mouchoir. J'ai gagné l'autre extrémité du toit, les armes et la bonbonne raclaient un peu, j'ai dû m'arrêter plusieurs fois dans ma reptation, la lune, tel un pis gonflé, me mouillait de son vaste lait comme un pain perdu. Par la deuxième trappe, j'ai aperçu les châlits des hommes. Deux détails ont eu le temps de me frapper : l'absence de barbe sur les visages endormis – les camarades avaient dû les raser de près –, et les traces de coups, les brûlures, les entailles, etc. J'ai refermé la trappe et réfléchi. Je me suis intérieurement apostrophé : « Alors, Jean Valmore, comment on fait, hein ?! » Je me suis rappelé le film *Marathon Man*, la scène où Laurence Olivier – l'ancien nazi équipé d'outils de dentiste – torture Dustin Hoffman et lui demande régulièrement d'une voix calme, douce : « C'est sans danger ? C'est sans danger ? » J'ai, pour m'amuser, posé la même question à Jean Valmore : « C'est sans danger ? » J'ai remis en marche la musique, augmenté le volume, les entraînants *Valleri, Valleralle ralle ra* ! ont refait leur formidable apparition. Je me suis déployé sur le toit, noire silhouette dansante. J'ai rigolé. Puis j'ai repris mon sérieux, éteint les sons. J'ai pensé que le mieux serait de verser l'essence dans la trappe et d'enflammer le block, ensuite je finirais le travail au fusil d'assaut PAR LA GRANDE PORTE. Mais, ouvrant la bonbonne, j'ai eu une surprise. Ce n'était pas l'essence escomptée, juste des espèces de cristaux, ça m'a instantanément piqué les yeux, irrité l'appareil respiratoire. J'ai rebouché d'urgence. Parallèlement, si je puis dire, j'ai entendu des voix en dessous. J'ai paniqué un peu – pas beaucoup, mais un peu, quand même. Je suis quelqu'un d'intuitif, j'ai deviné QUELQUE CHOSE. Alors, comme dans un rêve, j'ai rapidement rouvert la trappe et versé une moitié de la bonbonne sur une face tendue vers moi, surprise, pommadée de lune. J'ai refermé, il y avait un loquet. J'ai couru vite vers l'autre trappe. Le block, maintenant, était en éveil du côté des femmes, ça piaillait désagréablement. J'ai réitéré la manœuvre. Si mon intuition était exacte, ai-je calculé, l'affaire ne durerait pas plus de dix minutes. Et l'intuition était exacte, ça a commencé à hurler en bas et à tambouriner contre les deux petites trappes fermées. J'ai poussé un « ouf » de soulagement, remis la musique, allumé une cigarette, assis paisiblement au centre d'un cercle de lait lunaire, il faisait bon dans la bonne nuit de mai, au loin la ceinture puissamment odorante d'arbres français et pluricentenaires me saluait, je leur ai répondu le bras levé sans équivoque, je me sentais l'âme/la force d'anéantir l'humanité entière, j'étais génialement heureux. Les trappes résistaient, mais j'ai repéré que celle du côté des hommes tressautait, le loquet menaçait de céder, alors je suis allé asseoir mes cent deux kilos dessus (et j'ai remercié le Seigneur de m'avoir accordé ce poids salutaire), j'ai expiré la merveilleuse fumée de ma Chesterfield vers le ciel, le cul comiquement soubresautant comme si j'étais le couvercle d'un joyeux chaudron ancestral. J'ai eu envie de pisser. Mais j'ai pensé qu'il n'était pas prudent d'ouvrir la trappe pour uriner dans le block et puis ÇA NE SE FAISAIT PAS. « Ça ne se fait pas ! » ai-je gloussé. Je me suis mis debout sur le couvercle et j'ai arrosé alentour, mes reins se sont vidés délicieusement, le jet crénelé devait atteindre au moins cinq mètres telle une blonde banderole. Quand même, j'ai failli perdre l'équilibre. Mais la trappe, sous mon poids, s'est progressivement calmée. J'ai attendu encore deux minutes, le temps de finir ma cigarette, en fait. Prudemment, de la main gauche – la droite armée du Glock-Silencé –, j'ai retiré le couvercle. Je me suis trouvé nez à nez avec pas moins d'une demi-douzaine de corps entassés sur le lit Ikea, arc-boutés contre la trappe. Ça sentait mauvais. La merde, je crois, et le gaz irritant, lequel a encore salopé légèrement mes voies respiratoires avant de se disperser dans la forêt fraîche. Par prudence, j'ai tiré sept-huit coups secs, assez décevants, dans le tas. Ensuite, je suis descendu du toit en toussant un peu. Je me suis demandé si j'avais le temps d'aller violer un ou deux caramels femelles. Ça m'a beaucoup tenté, je vous l'avoue. Mais, d'une part, les corps n'étaient sans doute pas dans un état agréable, d'autre part, je ne pouvais pas trop m'attarder et, d'une troisième part, il y avait Erika dans la voiture. Alors, j'ai remonté la pente. Au total, l'affaire a dû durer environ vingt/vingt-cinq minutes, un TIMING honorable, en somme.

Dimanche

Je roule, seul. Ça me fait toujours bizarre, cette route Deauville-Paris/Paris-Deauville. À cause de Judith, évidemment. À un moment, il y a des boucles, la voiture plonge dans des pentes, il faut fermement tenir le volant. J'essaie de ne pas dépasser les 140/150 km/h. Je suis un type prudent, au fond. En vérité, tout est au poil. (L'expression « tout est au poil » me rappelle le début d'un roman, *Les Grands Chemins* de Giono. Un professeur à l'ancienne, un grassouillet boiteux, soupe au lait – sans doute la douleur –, disposant d'une canne et dont le front s'ornait régulièrement de sueur – il devait avoir dans les cinquante ans –, un certain M. Legros, typiquement français, me l'avait fait lire en troisième, dans la seconde moitié du XXe siècle, en un lycée ombragé, délabré, un de ces vieux lycées de l'orgueilleuse IIIe République, délaissé faute de moyens, de volonté politique. Ses doigts boudinés mais étrangement légers, élégants, tournaient les pages du livre. Le froissement du papier me procurait un plaisir charnel. Je crois me rappeler que ça débutait en automne.

Il y avait un type genre saisonnier – GENRE saisonnier, comme disent les jeunes d'aujourd'hui –, plutôt décontracté et content de vivre, lequel cherchait un boulot et montait dans un camion, le tout sous des arbres orange ou rouges. Ensuite, l'histoire finissait mal, genre *Des souris et des hommes*, me semble-t-il. Mais il y avait cette expression, je crois : « Tout est au poil. »)

J'allume France Info, j'entends quelque chose comme :

> Nous vivons dans un monde où les histoires de vampires invraisemblables ont plus de sens, auprès de nos jeunes générations, que les chefs-d'œuvre structurés et réalistes d'autrefois. Je pense à *Twilight*, en particulier…

Ça doit être un intellectuel ayant accès aux médias. Ou un enseignant interrogé pour x ou y raison subalterne, c'est-à-dire un demi-intellectuel, tout excité de parler dans les micros négligents et survoltés des radios – moins exécrables, cependant, que ceux de la télévision.

Puis, ça reparle de l'affaire DSK. J'ai peu de sympathie pour cet homme riche et jouisseur. Mais j'en ai encore moins pour les connes. Une féministe butée prétend que DSK est nécessairement coupable puisqu'il est blanc, puissant, et que NAFITOUSJENESAIQUOI est pauvre et noire. Elle répète ça en boucle, elle n'en démord pas. Je regrette qu'elle ne soit pas dans mon coffre. Je lui apprendrais le respect de l'homme.

Ensuite, il est question des – comment dire ? – événements. J'écoute distraitement. Je n'apprendrai pas grand-chose, sans doute. Un journaliste tente de faire le point. Les fondamentalistes musulmans ont d'abord été enlevés par un groupuscule néonazi, voire paramilitaire. Puis, ils ont été séquestrés au château de *** – un lieu connu, en outre, pour ses soirées libertines. Suivent des portraits rapides, en particulier ceux de Charles et de Matthieu de ***, le père et le fils d'une prestigieuse famille de l'aristocratie qu'on aurait – le journaliste risque une hypothèse –, qu'on aurait plutôt imaginés royalistes – classiquement royalistes, précise-t-il –, militant, par exemple, à l'Action française. Au passage, il rappelle que la Présidente ne s'est pas encore exprimée sur les fonctions exercées par Charles et Matthieu de *** au sein de son parti, ainsi que, plus généralement, sur l'engagement politique de tous les membres du groupuscule. Toutefois, l'un de ses proches a condamné des agissements barbares perpétrés par une poignée de psychopathes contre lesquels, d'ailleurs, une procédure de radiation est en cours. (De même, le ministre de l'Intérieur a promis que toute la lumière serait faite sur la présence de fonctionnaires de police parmi les extrémistes.) Quoi qu'il en soit, des investigations dans les caves du château semblent indiquer qu'on y ait pratiqué la torture. Dans quel but ? s'interroge le journaliste. Pure cruauté ou extorsion d'aveux ? Les identifications/autopsies des corps NOUS en diront plus. En tout cas, poursuit-il, les enquêteurs privilégient le DÉROULÉ suivant : lors de l'assaut des forces de l'ordre, l'un des membres du groupuscule a réussi à prendre la fuite, s'est rendu dans le camp où l'on détenait les victimes, les a gazées, semble-t-il, puis s'est donné la mort. Détail morbide, ajoute le journaliste, il portait un uniforme d'officier SS ! Cependant, il n'est pas exclu que l'enquête révèle d'autres éléments, en particulier si le tueur a agi seul ou non (je glousse). Car, demande l'échotier, comment un homme isolé peut-il assassiner vingt personnes, dont sept enfants ? Seul un fou... hésite-t-il. Il est vrai, admet-il, qu'il y a eu de tristes précédents, notamment sur les CAMPUS AMÉRICAINS, qu'on songe, par exemple, à la fusillade de Virginia Tech, etc. Je coupe la radio.

Je roule seul, donc. Erika n'est pas avec moi. Par prudence, je l'ai enfermée dans la cave. De toute façon, je serai de retour ce soir, au pire demain. J'ai laissé la lumière allumée et il y a de quoi manger. L'incinérateur est vide. J'ai dispersé les cendres de la Nigériane dans le jardin.

— Mais pourquoi ?! a crié Erika derrière la porte blindée.

Je n'entendais pas grand-chose.

— Je ne vais pas me sauver, putain !

— Tu ne crains rien ! Fais-moi confiance, ma chérie ! ai-je à mon tour crié.

Et j'ai remonté l'escalier, la mort dans l'arme... l'âme.

Je comprends sa surprise : hier soir, nous avons dîné ensemble, parlé, etc. Elle m'a dit qu'elle m'aimait bien, tout de même. J'ai rigolé, je lui ai répondu que c'était normal. À son âge, on tombe amoureuse toutes les dix secondes, environ. Elle a rectifié, elle a dit qu'elle m'aimait bien, simplement. Mais elle avait froid, besoin de tendresse. Sans le faire exprès, elle m'a appelé « maman ». Longuement, j'ai caressé ses cheveux. J'ai tremblé.

— PAPA, à la rigueur...

— Papa, a-t-elle rigolé, est-ce qu'elle marche TA vieille cheminée ?

J'ai adoré le tutoiement.

— On peut essayer. La cheminée fonctionne, ai-je ajouté, mais occupe-toi de l'allumage...

Je ne suis pas performant dans l'expression des choses sentimentales, physiques, aussi pardonnez mes clichés : devant l'âtre, le slip-blanc-innocence était gonflé tel un SPINNAKER-VENT-ARRIÈRE. Et le spinnaker blanc travaillait tellement, tellement qu'on y voyait la sombre fente.

Le feu a démarré. Les flammes se répartissaient en trois foyers, trinité de corail. Je l'ai déculottée, je pleurais. J'ai dit :

— Pourquoi est-ce trop tard ?

Puis, nous avons attaqué la deuxième bouteille 16-ans-d'âge. Il devait être minuit-une heure. Ni elle ni moi n'avions envie de dormir. Surtout moi. Je savais ce qui m'attendait : du sang, des cris, une répétition lassante de cris et de sang, oui. Enfin, ce n'est pas sûr. De toute façon, je ne cherche aucune absolution. Je m'en fous. Éliminer une ou vingt-quatre personnes est un jeu dont les règles sont sommaires : tuer le plus possible avant d'être tué. Et la société n'est qu'une fragile construction, un globe pudibond et avachi posé par-dessus ça. Et la société-en-gants-blancs-hypocrites tue bien plus de monde que moi, alors, pas de morale, s'il vous plaît ! Je suis juste venu sur la Terre – hélas, je m'en aperçois seulement aujourd'hui – pour mettre un peu d'ambiance.

À Paris, par précaution, je ne vais pas chez moi. J'ai donné rendez-vous à Oumar, aux Prédateurs.

Le dimanche, dans la journée, il y a peu de monde. Je sors le sac de sport de mon coffre. Il est lourd. Je salue le Harponneur. Il a déjà bien bu. Il essaie d'engager la conversation, pâteusement. Je sais de quoi il veut parler, je pose un doigt sur mes lèvres, je dis : « Chut… » Il m'adresse un clin d'œil et retourne au comptoir. Les deux serveurs me saluent, leurs gestes sont juvéniles et identiques. Ils me rappellent Arthur et Jérémie, les deux aides de K. dans *Le Château*. Si je m'intéressais aux autres, si j'en avais le temps, je me renseignerais : habitent-ils un studio ? Font-ils l'amour ? Parient-ils dans les courses de chevaux ? Il n'y a rien de plus irritant qu'un être humain. C'est une quantité négligeable, destructible et un univers chaud, labyrinthique, aussi insondable que moi. Je les regarde bouger tels d'énergiques sémaphores. Oumar est en retard. Je repense à K., lequel ne peut accéder au château. À chacun le sien. Moi, le mien, c'est les autres. J'ignore comment y entrer, sinon sous la forme d'une balle. Heureusement, Oumar arrive, essoufflé :

— Ah ! Monsieur… J'ai failli pas venir… Mon pèère (il a toujours sa voix bêlante), mon pè-ère voulait que je l'aide à tenir le commerce… J'ai évoqué, non… Comment dit-on, déjà, monsieur ?

— Invoqué.

— Oui, voilà… J'ai invoqué-é un rendez-vous crucial pour ma carrière future !

Il s'assoit, jette un œil autour de lui – il y a deux ou trois prostituées devant des verres effilés.

— Ah ! Monsieur, ça ne m'étonne pas de vous !

Il ajoute niaisement :

— Pigalle ! Pigalle !

Je l'observe. J'ai de l'affection pour lui, sans doute. Il me ressemble, peut-être. Et puis, en quelque sorte, il est mon aide.

— Tu prends quoi ?

Il regarde à nouveau les prostituées, il émet un geste d'empereur-de-bazar, ample et las :

— Comme ces dames… Champagne !

Les musulmans ne boivent pas d'alcool, en principe. Mais Oumar a toujours professé des opinions laïques. Je commande une coupe et un calva.

— Je n'ai jamais goûté de calva, monsieur. C'est sûrement délicieux !

— Ça me rappelle des choses… je dis.

Les deux serveurs juvéniles, solennels apportent les deux consommations. Maintenant, ils me rappellent les deux messieurs qui exécutent Joseph K. à la fin du *Procès*. Les mains sont humides, les tabliers blancs impeccables.

— Demain est le grand jour, monsieur ! clame Oumar en levant sa coupe.

— Tiens, au fait – je glousse –, je t'ai gravé un CD !

Il regarde les titres que j'ai écrits sur la pochette. Il lit à haute voix :

— *Erika Marsch... Badenweiler Marsch... Ich hatt' einen Kameraden... Es ist schön Soldat zu sein, Rosemarie !...*

Au loin, le Harponneur nous observe, attendri par l'alcool. Il lève son verre. Moi de même.

— Ah monsieur ! C'est excellent, excellent ! Je vais écouter ça cette nuit, pendant ma préparation ! Je vais rejoindre les plus grands de l'histoire, savez-vous ?

Il hésite, puis ajoute :

— Monsieur, je vous suis tellement reconnaissant ! Vous êtes vraiment le meilleur prof que j'aie jamais eu !

Le compliment me fait plaisir. Le calva danse devant mes yeux, buisson de corail enflammé. Il boit, marque une pause et, prunelles rétrécies, sourire d'empereur-de-bazar, prononce lentement, comme un petit fouet en plastique :

— Parlons sériii-eu-sement, monsieur.

Je désigne le sac à mes pieds, en bas, à droite :

— Je t'ai écrit les modes d'emploi des armes.

— Ah, monsieur, merci, merci ! NOUS ENTRERONS DANS L'HISTOIRE !

Il louche vers les prostituées. Je pense : « Ça lui ferait du bien ! » Mais ce n'est pas le moment. Il mourra vierge, et puis voilà. Les deux serveurs empressés, presque tumultueux, nous apportent du champagne dans un seau. Ils montrent, au loin, le gérant des Prédateurs. Je lui envoie un salut. Il répond en inclinant sa lente tête, les yeux clos telles des hosties absolvantes.

Me revoici sur la route, cette fois dans le sens que je préfère. Il fait encore jour, largement jour. J'ai écrit une lettre rapide à ma sœur. Je ne lui explique rien – qu'y a-t-il à expliquer ? Je lui dis qu'elle pourra récupérer mes biens, mon vieil appartement à Pigalle et la villa. J'ai signé. J'ai ajouté un post-scriptum : « Au revoir. Bon courage. » Ça m'a rappelé le début de *L'Étranger*, évidemment. Alors, j'ai réalisé un dessin affectueux, naïf. Je ne suis pas doué : il s'agit de deux lignes verticales, parallèles et tremblées et d'un trait horizontal, en bas ; l'ensemble est censé représenter la balançoire de notre enfance. Je crois que ma disparition lui causera peu de peine, uniquement des soucis : sa réputation va s'aggraver, elle sera désormais *la sœur du tueur*. Elle recevra la lettre mardi ou mercredi, sans doute. Je n'ai laissé aucune instruction concernant mon corps, puisque Judith n'habite plus à Bagneux, dans la section 66. Et puis, qui sait, peut-être survivrai-je ? Peut-être m'enfuirai-je avec Erika en Amérique du Sud tel un héros nazi, hein ? Nous aurons une vie saine, une véranda, une plantation, des chevaux. Pas d'enfants – surtout pas. Je boirai du mescal dans des petits verres. Puis dans des verres de plus en plus grands. Notre passion durera six mois, environ. C'est déjà beaucoup. Je glousse. Je tourne le volant à gauche, à droite, à droite, à gauche et, sur l'autoroute A13, le véhicule valse. Je suis content de revoir Erika, oui. Quand même, en arrivant au Pegasus Bridge, là-bas, vers Ouistreham, j'ai un pincement au cœur, je pense à Judith. À droite, le siège est vide. Je m'apprête à caresser le tissu usé, mais je me ressaisis. Je prononce à haute voix, je prononce pour me motiver : FOUS-MOI LA PAIX, JUDITH, TU ES MORTE ! Dans la fente du lecteur de CD, j'enfonce *Es ist schön Soldat zu sein, Rosemarie* !

Mon absence a duré sept ou huit heures. Mais je ne descends pas à la cave immédiatement. Je vais marcher au bord de l'eau, la marée est basse. La journée touche à sa fin. Les Normands de souche font une dernière promenade, demain ils travailleront. Je repense à Judith. Au loin, sur un banc, j'aperçois un retraité massif, un homme sain, franc, sociable et gentil que je connais, un ancien charpentier. Un jour, il m'a offert une bouteille d'honnête calva et des poissons qu'il venait de pêcher, des bars humides, argentés. Il est né là. Sa femme et lui habitent à cinq cents mètres. Il a construit sa maison lui-même, patiemment. Une fois par an, ils font un voyage organisé en Égypte, guère plus loin. Chaque soir, donc, il s'assoit sur le banc, les bras en croix. Il regarde la mer, salue les gens, bavarde, mais surtout, oui, affronte longuement les vagues, le sable, le ciel, le ferry allant/venant tel un balancier entre Ouistreham et Portsmouth, Portsmouth et Ouistreham, curseur blanc, indifférent entre deux points fixes et arbitraires – un paysage répétitif, immuable, oui, quelque chose qui paisiblement rappelle qu'il n'y a aucune réponse, seulement de la présence et un temps limité pour en jouir ou n'en pas jouir. Et si Judith était encore vivante, certainement je serais comme lui, simple, affable, mélancolique et heureux, d'avance me réjouissant du repas dans la lumière jaune orangé, mesurant en mon éternité propre le temps, les jours qu'il me reste à coups de vagues allant/venant dans un bruit de monnaie remuée. Mais, ce soir, je fais un détour pour l'éviter.

Le vivier est encore ouvert, je n'y suis pas allé depuis longtemps. J'achète des huîtres et un homard. Le mareyeur me salue, las et souriant :

— On croyait que vous aviez quitté la région, dit-il.

Je réponds :

— Oui.

Je n'ai pas envie de m'attarder.

De retour à la villa, je plonge le homard dans l'eau bouillante. Après cinq ou six spasmes, il ne souffre plus. Je prononce bêtement : « Adieu, homard ! »

Je pense à Oumar. Je rigole. En vérité, je suis agacé de penser à lui. Mon fonctionnement mental est simple : des séquences se succèdent, indépendantes les unes des autres. Il ne faut pas qu'elles communiquent entre elles, ça me perturbe. La séquence « Oumar » est réglée. Pour m'en persuader, je me répète :

— La séquence « Oumar » est réglée !

Les antennes rouges, grumeleuses, percent la surface écumante de l'eau. Je couvre. Ça me rappelle les trappes dans le baraquement.

Ensuite, je réfléchis. Je me demande s'il est prudent ou nécessaire de libérer Erika. J'ai prévu de l'emmener demain à la gare de Deauville, quoi qu'il arrive.

Malheureusement, elle me manque, et puis, de toute façon, je dois la nourrir. Je descends à la cave. Je tambourine à la porte pour l'avertir de mon retour, je ne veux pas qu'elle soit surprise, je crie :

— Je t'ouvre !

Lundi

Il doit être cinq heures du matin. Judith est en travers du lit. Je sursaute. Je voulais dire Erika, évidemment. Je souris. Cette confusion se produit souvent, désormais. La couverture a glissé. En fait, il s'agit du grand drapeau rouge et noir que l'Antillais m'a offert, la nuit des Prédateurs. Je recouvre le corps.

Dans le bureau-bibliothèque, le ciel s'éclaircit, les premiers merles émettent des sons fruités. Il pleut légèrement. Je m'y attendais mais ça me contrarie. À Deauville, il y aura peu de monde. Du bout du pied, je tâte les armes froides. J'allume une cigarette, je repense à ce qui m'a éveillé…

Dans le rêve, mon père-tortue m'attendait devant la porte de la taverne. Il se tenait solidement sur ses jambes, était à nouveau guilleret – sans doute la chope de bière en faïence qu'il avait dans la main droite (sur le moment, je n'ai pas réalisé qu'il possédait à nouveau des jambes et des mains). Il m'a dit :

— Ta mère est enfin arrivée ! Mais elle se repose à l'étage.

Il a désigné une petite fenêtre éclairée sur une façade en bois – en vérité, l'auberge ressemblait à un boui-boui moyenâgeux.

— Nous sommes très bien traités, ici. On se croirait chez Brueghel, mon fils ! a-t-il ajouté.

Le village était couvert de neige. Sous le ciel vert, trois chasseurs fourbus, courbés rentraient chez eux. En contrebas, sur des étangs gelés, des villageois s'adonnaient à des jeux d'hiver.

— Le seul problème – il a hésité –, c'est qu'il y en a beaucoup…

— Beaucoup ?

— Oui… Rapproche-toi, mon fils…

Sur ses joues, sa main libre a dessiné de longues barbes.

— Des Pères Noël ! me suis-je esclaffé.

— Non !

Il m'a chuchoté à l'oreille :

— Beaucoup de juifs…

— Ah bon ? ai-je dit.

Ça m'a paru curieux, compte tenu de l'odeur de porc grillé que jetait, par instants, la porte allant/venant de l'auberge. De plus, il y avait une petite église au loin. Ça n'avait vraiment rien d'un SHTETL !

— Je suis pour l'entente harmonieuse des peuples, n'est-ce pas ? Mais là – il a suçoté longuement une gorgée de bière brune –, il y en a vraiment beaucoup, beaucoup… J'aurais préféré une colonie de GRECS

ANTIQUES ! Nous sommes quand même dans le pays de VOLTAIRE..., a-t-il conclu bizarrement.

— Ce sont peut-être des FONDAMENTALISTES ! ai-je songeusement gloussoté.

À cet instant, des volets se sont ouverts au-dessus de moi et une femme a versé sur ma tête un petit seau d'urine intime.

— Oh pardon, pardon ! a-t-elle ri en refermant précipitamment la fenêtre, et il m'a semblé reconnaître la voix.

— Qu'est-ce que je disais ! a triomphé mon père en m'époussetant le visage de sa main mousseuse – et, décidément, il n'avait plus rien d'une tortue.

— N'était-ce pas Judith ? N'était-ce pas Judith ?! ai-je demandé, étrangement essoufflé.

— Ça se pourrait, ça se pourrait... En tout cas, aujourd'hui, elle vit avec un rabbin et ils passent leur temps à baiser comme des cochons ! Ta mère et moi sommes contraints de cogner au plafond avec un balai ! Vois-tu, je n'ai jamais vraiment apprécié votre... votre alliance ! a-t-il ajouté sévèrement.

J'allais contester son étonnante, soudaine sévérité quand une autre fenêtre – celle de ma mère, cette fois – s'est ouverte. Un visage rapide et bleui a crié :

— N'oublie pas de lui donner son cadeau !

Et la fenêtre, violemment, s'est refermée.

— Ah oui..., a dit mon père d'un air gêné. Tiens, regarde dans ma carapace et prends.

J'ai attrapé un objet rectangulaire, enveloppé dans un PACKAGING TRANSPARENT. J'ai reconnu mon calendrier de l'Avent : le village sous la neige, le chalet fumant, l'église, la crèche. J'ai voulu remercier mon père, mais il rentrait à reculons dans l'auberge, comme tiré à l'intérieur par une corde. Et au-dessus de moi, tous les volets, maintenant, étaient clos. On entendait seulement les rires de Judith et de son rabbin. Alors, j'ai ouvert les petites fenêtres en carton. Vingt-quatre, précisément. J'ai orienté le calendrier vers les lueurs du ciel. Mais les alvéoles translucides étaient vides, il n'y avait plus rien, pas même vingt-quatre gouttelettes de sang…

Je sursaute. Dans le bureau-bibliothèque, Erika m'enlace lentement, longue pieuvre naïve et non dangereuse. Ses cheveux coulent devant mes yeux, forment un rideau vivant, vertical, sucré.

— Ne me laisse plus jamais seule ! dit-elle, exaltée.

La lumière du matin arrive. Au fond, puisque je l'ai épargnée, je pourrais rester là. Jouir de quelques jours avec elle, encore, avant qu'on ne vienne m'arrêter.

— Nous nous reverrons à Paris ! je dis, exalté à mon tour.

J'ajoute :

— J'aurais aimé avoir une fille comme toi…

Les choses s'accélèrent, je la dépose devant la gare de Deauville. Je répète :

— À très vite, à Paris !

Je glousse. Je redémarre. Il est treize heures. J'allume France Info. Le journal a déjà commencé. Je saisis les mots « fusillade », « lycée », « banlieue », « aucune victime », « le lycéen a été maîtrisé par ses camarades ». Je pense : OH PUTAIN, IL Y EST QUAND MÊME ALLÉ ! Je revois la façade, les drapeaux français et européen emmêlés et usés. Je me souviens de ses paroles : « J'estime pouvoir en éliminer cinq pour cent, soit cinquante individus. » J'aimerais m'attarder pour en savoir davantage. Je suis pressé. Je me dis juste : « Oumar, tu auras vraiment tout foiré dans ta vie ! Mais tu n'es pas le seul… » Bizarrement, je suis soulagé. J'entends encore le journaliste, sa voix est grave, gourmande et excitée : « C'est la deuxième tuerie massive, dit-il, ou tentative de tuerie en trois jours ! Quelque chose ne va pas dans ce pays… » Je coupe la radio. Je me dis : « Dieu merci, je vais faire mieux que lui ! »

Je range la voiture au même endroit qu'autrefois, dans l'avenue du cinéma – le Morny Club –, près des arcades. Mon cœur tressaille. Dans ma tête, j'ai l'impression que la portière droite s'ouvre, comme autrefois. Comme autrefois, en sort Judith – *petite boule de lumière, la bonté même, un optimisme indestructible*… Penché sur le coffre et saisissant la longue, lourde housse, je parle tout seul, je réinvente nos vieux dialogues :

— C'est vraiment pour te faire plaisir ! Je hais cette ville !

Je réponds à sa place, à la place de la petite boule de lumière :

— Oh, merci, mon amour, merci !

Je porte mon survêtement blanc, l'uniforme des nettoyages. Dans la housse, le fusil d'assaut ressemble à une raquette de tennis. Les mouettes semi-urbaines de Deauville, au-dessus de moi, paradent. La pluie a faibli. Peut-être y aura-t-il un peu d'animation sur les Planches.

Brusquement, mon portable émet un « ding-ding » insolite, m'annonçant la venue extraterrestre d'un message de l'autre monde, je veux dire un SMS de Beverly : « Putain té ou ??? Putiiiinnnnn sa fé 8 jour !!! Jé vraiman 1 truc IMPORTAAAAN, SALAAAUUU !!! J SUI ENCEINTE !!!!!! » Je sursaute. Je répète : « Enceinte. » Je pense : « Métis. » Je n'ai pas le temps de réfléchir, un deuxième « ding-ding » retentit. Cette fois, c'est Hélène. Bon sang, elles se sont donné le mot ou quoi ? ! Je rigole. Je lis : « Je suis dans une maison de repos. J'espère te voir bientôt ! » J'apprécie l'effort orthographique.

— Oui, bientôt, bientôt ! Avec plaisir, mademoiselle ! j'ajoute.

Et j'enfonce les écouteurs dans mes oreilles, et je m'octroie une dernière dose de 16-ans-d'âge, la plus énorme qu'on ait jamais bue sur la Terre, *Valleri, Valleralle ralle ra* !

Bien sûr, je pourrais vous donner des raisons, du moins, les inventer. Mais non : *Ici, il n'y a pas de pourquoi.* Ici, ailleurs, en moi, en vous, partout, demain, hier. La vie n'aura été qu'une pochade, nous ne sommes que des cafards et faites de votre mieux, voilà mon message.

Je marche sur les Planches, disjointes et surfaites. La pluie a cessé, les parasols colorés se déploient. Les terrasses des bars de la Mer et du Soleil se repeuplent. Nous sommes en mai. Éternellement, la Nature reverdira. Tout est au poil. Je vais être père. Père d'un enfant MÉTIS ! Je glousse. À mes côtés, l'invisible petite boule de lumière me demande :

— Tu vas vraiment…

J'enlève un écouteur, je le tends vers la plage, je crie à cause de la musique :

— À tout de suite, mon amour !

J'aimerais lui parler davantage, mais nous aurons l'éternité pour nous expliquer. Et puis, j'ai pas mal de boulot.

Sous un parasol rouge, tente de cirque paresseuse et minuscule, deux vieillards s'agitent, me montrent du doigt, me commentent. Ils se lèvent, ils s'approchent en boitillant. L'un d'eux désigne mes écouteurs et m'interpelle – en yiddish, je crois. Je pense qu'il me dit un truc du genre : « Vous n'êtes pas un *Mensch* ! » Je lui souris. Les blondes rémiges du soleil acclament mon uniforme. Je retire la housse tranquillement. Je vais commencer par lui. Lui ou un autre, qu'importe. Et le monde, à nouveau, sera en ordre.

Composition et mise en page

NORD COMPO
multimédia

CET OUVRAGE
A ÉTÉ ACHEVÉ D'IMPRIMER
SUR ROTO-PAGE
PAR L'IMPRIMERIE FLOCH
À MAYENNE EN AOÛT 2013

N° d'édition : L.01ELJN000589.N001. N° d'impression : 85235
Dépôt légal : septembre 2013
Imprimé en France